dtv

# JOHANNA ADORJÁN

MÄNNER

EINIGE
VON
VIELEN

dtv

Die meisten der in diesem Buch enthaltenen Texte erschienen zwischen Oktober 2017 und Dezember 2018 in der Wochenendausgabe der ›Süddeutschen Zeitung‹.

Folgende Texte erscheinen hier erstmals: »Andi«, »András«, »Bernd«, »Cameron«, »Catherine«, »Doug«, »Ian«, »Knud«, »Leonard«, »Ödön«, »Peter«.

**Ausführliche Informationen über unsere Autoren und Bücher www.dtv.de**

Originalausgabe 2019
3. Auflage 2019
dtv Verlagsgesellschaft mbH & Co. KG, München
© Johanna Adorján, 2019
© 2019 dtv Verlagsgesellschaft mbH & Co. KG, München
Gesetzt aus der Stempel Garamond LT
Satz: Uhl + Massopust, Aalen
Druck und Bindung: CPI books GmbH, Leck
Gedruckt auf säurefreiem, chlorfrei gebleichtem Papier
Printed in Germany · ISBN 978-3-423-28182-9

Für Amédée

# Personenverzeichnis

# Über dieses Buch

Als ich von der ›Süddeutschen Zeitung‹ (in Person einer Frau, der Redakteurin Tanja Rest) gefragt wurde, ob ich für deren Wochenendausgabe eine Kolumne schreiben wolle, sagte ich sofort Ja. »Ich würde gerne über Männer schreiben«, sagte ich. »Okay«, sagte sie. »Ich hätte gerne, dass die Kolumne ›Männer‹ heißt und dass jeder Text nur mit einem Vornamen überschrieben ist.« »Okay«, sagte sie, verabschiedete sich und legte auf, wie Frauen eben so sind im Beruf, wozu überflüssige Worte machen, war ja alles geklärt. »Weil, es gibt ja wahnsinnig viele Männer«, redete ich noch etwas mit mir selbst weiter, um mich der Genialität meiner Idee zu vergewissern, »und ich kenne auch viele, und man sieht dauernd welche, deshalb glaube ich, es gäbe genug Stoff. Und ich müsste nicht extra viel recherchieren. Und außerdem hat es was, wenn eine Frau über Männer schreibt, oder? Das merkt man ja schon daran, dass es überhaupt nicht gehen würde, wenn umgekehrt ein Mann eine Kolumne über Frauen hätte, deren einzelne Texte jeweils nur mit einem Vornamen überschrieben wären. Kein Mann dürfte über Frauen so schreiben wie eine Frau über Männer, und das muss man doch ausnutzen, solange das noch so ist. Oder?«

Also nutzte ich es aus und schrieb eine Weile lang immer samstags in der Zeitung über Männer. Die einzige Vorgabe war die Textlänge, die immer gleich zu sein hatte. Und einmal bat man mich, für eine Sonderausgabe über Bayern über einen bayerischen Mann zu schreiben, was ich sehr gerne tat, da ich von den vielen bayerischen Männern einige wirklich ganz besonders mag.

Überhaupt kommen in diesen insgesamt siebenundsechzig Texten, von denen elf eigens für dieses Buch geschrieben wurden, überaus großartige Männer vor. Ein Physiotherapeut namens Harald zum Beispiel, dessen magische Fähigkeiten mir schon sehr geholfen haben. Oder Hotti, ein großer Volksschauspieler, der niemals entdeckt wurde und nun monologisierend und ein kariertes Köfferchen hinter sich herziehend durch den Berliner Nahverkehr irrt. Oder auch der Schriftsteller und Dramatiker Ödön von Horváth, von dessen tragischen Todesumständen ich zum ersten Mal während meines Regiestudiums hörte, als wir im Schauspielunterricht seine ›Unbekannte aus der Seine‹ erarbeiteten. Ich fand immer, es klang wie ein besonders missglückter Regieeinfall.

Manch Porträtierter mag Ihnen sehr bekannt vorkommen, etwa Jürgen, der in jedem Zug sitzt und den gesamten Großraumwagen mit laut geführten Geschäftstelefonaten über sein erbärmliches Dasein informiert. Andere, wie Andi, einen Freund, mit dem ich keinen Kontakt mehr habe, kennen Sie wahrscheinlich nicht persönlich. Wenn doch, grüßen Sie ihn ganz herzlich, ich vermisse ihn.

Manche Texte sind aus Wut entstanden (Chris), andere aus Verzweiflung (Keith), Gedächtnisschwierigkeiten (Colin), Verwunderung (Dirk), Abneigung (Rolf), Bewunderung (Günter), Liebe (Adam), Neid (Cato) oder Angst (Theodor). Und offen gestanden handelt der eine oder andere auch insgeheim von einer Frau (Imre).

Um abschließend etwas Allgemeingültiges über Männer sagen zu können, sind sie leider alle zu unterschiedlich. Vielleicht nur dies noch: Diese Textsammlung erhebt keinen Anspruch auf Vollständigkeit.

# MÄNNER

# Volker

Volker Schlöndorff, der berühmte und in Ehren ergraute Filmregisseur, saß einmal auf einer Berliner Bühne. Es war eine Veranstaltung im Rahmen des Literaturfestivals, und seine Aufgabe als Volker Schlöndorff bestand darin, die französische Schriftstellerin Yasmina Reza zu präsentieren.

Volker Schlöndorff trug eine schwarze Lederjacke, was lässig aussah, als sei er mit dem Motorrad vorgefahren. Es war schnell klar, dass er nicht vorhatte, konventionell den Conférencier zu geben und etwa die Leute vorzustellen, die mit ihm die Bühne betreten hatten und nun neben ihm an einem längeren Tisch saßen, insgesamt vier, aber irgendwie war das verzeihlich, hey, immerhin war er Volker Schlöndorff, und dass die blonde Frau neben ihm die Schauspielerin Nina Hoss war, hätte man ja dem Programm entnehmen können, falls man sie nicht von allein erkannte, und wegen der Dunkelhaarigen, die zu seiner Rechten saß und wirkte, als hätte sie gerne eine Sonnenbrille auf, war das Publikum schließlich da.

Er selbst war auf jeden Fall Volker Schlöndorff, Regisseur von ›Die Blechtrommel‹, ›Homo Faber‹ und ›Rückkehr nach Montauk‹, als Spezialist für Literaturverfilmungen für die Moderation eines solchen Abends ja wohl geradezu prädestiniert, und der Mann ganz rechts, ja, der war möglicherweise Rezas Übersetzer oder so was, war ja vielleicht auch gar nicht so wichtig, irgendjemand würde er schon sein. Es saßen jedenfalls vier Menschen auf der Bühne, einer davon Volker Schlöndorff, und der ergriff nun das Wort.

Mit launiger Kennermiene teilte er dem Publikum mit, dass er wirklich Erstaunliches zutage gefördert habe, als er sich näher mit Yasmina Reza befasste. Und zwar sei sie gar nicht, wie ja alle immer annehmen würden wegen ihres Namens – Reza, Stichwort ›Tausendundeine Nacht‹ – eine exotische Perserin, nein, die Familie ihres Vaters stamme zwar von dort, aber, man höre und staune, ihre Familie sei jüdisch. Ja, Yasmina Reza sei trotz ihres Namens Jüdin. Die unüberraschte Stille im Saal großzügig übergehend, ließ er eine lange Abhandlung über sephardische Juden folgen (beheimatet in Spanien, verfolgt, geflohen usw.), vergaß darüber, dass selbst sephardische Jüdinnen eine Mutter haben, in Rezas Fall auch eine Jüdin, eine aus Ungarn, was natürlich weniger sephardisch gewesen wäre, sondern aschkenasisch, und auch zu weit geführt hätte, insbesondere wenn man bedenkt, dass niemand im Saal angenommen hatte, dass Yasmina Reza eine exotische Perserin ist. Niemand außer Volker Schlöndorff.

Etwas später – der andere Mann hatte sich zwischenzeitlich selbst als Rezas Verleger zu erkennen gegeben und mit einigen klugen Sätzen ihren Roman ›Babylon‹ vorgestellt – setzte Schlöndorff, der insgesamt eher viel redete, und zwar in der Art, wie man Schlangenlinien malt, zu einer sehr langen Frage an, die, zugespitzt, darauf abzielte, warum Reza in der Mitte ihres Buchs die Erzählperspektive gewechselt habe, ganz abrupt, was er, Schlöndorff, irgendwie gut fand, nicht zuletzt vielleicht deshalb, weil ihm dieser Kunstgriff erlaubte, an dieser Stelle die eine oder andere Filmreferenz heranzuziehen. »Mein lieber Volker«, antwortete Yasmina Reza, »ich bedaure Ihnen mitteilen zu müssen, dass mein Buch durchgehend in ein und derselben Perspektive geschrieben ist.«

Man muss sagen, dass Volker Schlöndorff, der an diesem Abend vor Publikum ein ihm nahezu unbekanntes Buch präsentierte, es mit Fassung trug.

# Harald

Ich kenne wenige Menschen, die mir bessere Laune machen als mein Physiotherapeut. Was ja schon alleine deshalb seltsam ist, weil ich mit Dingen zu ihm komme, die einfach nur nerven. Ich möchte Sie nicht mit meinen Krankheitsgeschichten langweilen, obwohl ich dafür nicht mehr zu jung bin, aber Sie vielleicht. Auf jeden Fall verlasse ich seine Praxis jedes Mal mit einer Bombenlaune, selbst wenn er mir Übungen für zuhause aufgegeben hat, was ich hasse, weil ich natürlich jedes Mal in der Hoffnung zu ihm gehe, dass es bestimmt nur etwas ist, das er einfach einrenken kann und gut ist.

Er ist an die fünfzig, mittelgroß, hat ein freundliches Gesicht mit blondem Bart und den schwarzen Gürtel in irgendeiner Kampfsportart – oder jedenfalls einen sehr dunklen. Als er einmal Gruppenurlaub in Griechenland machte, hat er aus einer Weinlaune heraus einen Aschenbecher aus einer Taverne mitgehen lassen, wofür er sich heute noch schämt, weil ihnen der Wirt, nachdem sie gegangen waren, mit dem Moped nachfuhr, den ganzen Weg bis zum Hafen, um ihm sein Handy zu bringen, das er auf dem Tisch hatte liegen lassen.

Ich habe als Teenager in einem Drogeriemarkt in München-Giesing einen Labello und Filme für den Fotoapparat geklaut, wurde erwischt und von der Polizei nach Hause eskortiert. Meine Eltern fanden es überhaupt nicht halb-so-schlimm, der Jugendrichter schon, da ich ja beteuerte, dass ich so was noch nie gemacht hätte. Noch heute schäme ich mich jedes Mal, wenn ich an diesem Laden vorbeikomme, den es immer noch gibt: Wie konnte ich nur so blöd sein, nicht darauf zu kommen, dass eine verspiegelte Regalwand möglicherweise von hinten durchsehbar ist?

Solche Geschichten erzählen wir uns, während er Teile meines Körpers millimetergenau verschiebt. Oder neulich sprachen wir fast die ganze Stunde lang über den Tod. Er erzählte von einer Freundin, die an Krebs gestorben war und sich gewünscht hatte, dass um ihre Leiche herum Abschied gefeiert würde, und genau so hätten sie es dann auch gemacht. Es wurde gefeiert und sie war dabei, und wie merkwürdig und bewegend und traurig und gut das gewesen sei. Und ich erzählte ihm von meinen Großeltern, deren frei gewählten Tod man tragisch finden kann oder wunderschön. Und währenddessen sortiert er irgendwelche Muskelstränge oder Knochen oder Gelenke, manchmal knackt etwas, manchmal soll ich mich aufsetzen oder auf der Stelle laufen, dann wieder murmelt er Nummern, die wohl Wirbel oder Rippen bezeichnen, oder macht kleine Geräusche, an denen ich erkenne, dass etwas noch nicht perfekt oder aber endlich wieder in allerbester Ordnung ist. Und meistens ist auf einmal etwas wieder in allerbester Ordnung. Es ist fast, als habe er Zauberkräfte. Als könne er einen Menschen bis auf die Knochen spüren. Als wisse er schon, was los ist, wenn man nur vor ihn hintritt, ohne jede Erklärung.

Ich habe noch gar nicht erwähnt, dass er fast blind ist. Und in dem, was er tut, wirklich außergewöhnlich gut. Ich weiß nicht, ob es da einen Zusammenhang gibt. Ich weiß nur, dass ich nach jeder Sitzung zwei Zentimeter größer bin als vorher und ganz gerade. Und mindestens vier Kilo fröhlicher.

# Rolf

Ich hab mir mal ein Buch gekauft, weil ich den Titel so toll fand, den Bildband eines amerikanischen Fotografen namens Ed Panar. Es heißt ›Animals That Saw Me‹. Auf den Fotografien ist immer ein Tier zu sehen, das direkt in die Kamera guckt. Ob das eine Kuh ist, die an einem Zaun steht, ein Hund, der in der Dämmerstunde gerade zufällig aus einem Fenster blickt, ein kleiner Waschbär, der unter einem Holzverschlag hervorspitzt, sie alle hat Ed Panar genau in dem Moment mit seiner Kamera erwischt, als sie ihn gerade ansahen.

Ich würde gerne einen ähnlichen Bildband machen, mit dem Titel ›Männer, die mir beim Einparken zusahen‹. Seit 1990 tun Männer das, so lange parke ich schon ein. Sie tun es nicht nur bei mir, sie tun es generell bei Frauen, die einparken, was mich eher erleichtert, als mich in meiner Eitelkeit zu kränken. Alle diese Männer eint, dass ich sie nicht persönlich kenne. Weitere Merkmale: Sie sind zwischen zweiundvierzig und fünfundachtzig Jahre alt, haben Haare oder keine mehr, sind eher mittelmäßig angezogen als elegant. Neulich habe ich sogar einen gesehen, der hatte einen Rucksack auf, ordentlich mit beiden Trägern um, wie ein Kind. Diesen möchte ich jetzt mal herausgreifen, vielleicht erkennt er sich ja und meldet sich, was nur zu begrüßen wäre, denn zu gerne würden wir, und ich spreche jetzt ausnahmsweise mal kollektiv für uns Frauen, zu gerne würden wir auch einmal die Gegenseite hören, was sie denkt, was sie umtreibt und bewegt, ihre Hoffnungen, Enttäuschungen, Wünsche.

Der mit dem Rucksack also war eher klein, vielleicht achtundfünfzig Jahre alt, hatte einen grauen Bart und gerötete Gesichtshaut. Er trug eine rote Allwetterjacke und sah aus, als hieße er vielleicht Rolf und arbeite, keine Ahnung, irgendwas mit Locher.

Rolf bog zu Fuß in die ruhige kleine Seitenstraße in Berlin ein, die ich entlanglief und in der gerade jemand einparkte, was ich nicht bemerkt hatte, mein Gott, Autos, aber Rolf sah hin, sah richtig in das Fahrzeug hinein, und während er nun seine Schritte verlangsamte, umspielte ein kleines Lächeln seine Mundwinkel. Und dann sagte er, ganz für sich und gut hörbar: »Ja, ja.« Neugierig geworden sah nun auch ich ins Auto. Darin saß eine Frau, neben ihr auf dem Beifahrersitz sogar noch eine. Die beiden unterhielten sich, während die Fahrerin einparkte, übrigens ganz normal, weder auffallend schnell noch unschön den Bordstein entlangquietschend, ein Malheur, das zum Beispiel mir gerne passiert, wenn ich Zuschauer habe.

Ganz kurz blieb Rolf stehen, doch da zeichnete sich schon ab, dass es der Frau gelingen sollte, das Automobil tatsächlich eigenhändig passgenau in die Lücke zu manövrieren, die sich zwischen zwei bereits parkenden Wagen befand. Als er nun also den Blick von ihr abwandte und seinen Weg fortsetzte, meinte ich leichte Enttäuschung in der Art wahrzunehmen, wie er die Schultern hängen ließ, aber das mag Interpretation sein.

Ich habe wirklich kurz überlegt, ihm hinterherzulaufen und ihn zu fragen, was sein »Ja, ja« zu bedeuten hatte. Aber es waren gerade Chemnitz-Wochen, und ich hatte die Nase voll von deutschen Arschlöchern, und wahrscheinlich hätte er sowieso alles geleugnet und behauptet, er heiße gar nicht Rolf.

# Monsieur

Am 28. Januar 1986 explodierte die Raumfähre Challenger. Millionen Menschen sahen live vor ihren Fernsehern, wie sie sich Sekunden nach ihrem Start in einen Feuerball verwandelte und dann in eine Wolke mit zwei Armen. In meiner Erinnerung gehöre ich dazu, obwohl ich bezweifle, dass es so gewesen ist, weil wir, meine Geschwister und ich, nur donnerstags fernsehen durften und der 28. Januar 1986 ein Dienstag war. Wahrscheinlicher ist, dass ich es erst später irgendwann gesehen habe. Alle sieben Astronauten starben. Es war ein Schock.

In jenem Sommer fuhren wir, wie jedes Jahr in den großen Ferien, nach Korsika. Seit Boris Becker im Jahr zuvor Wimbledon gewonnen hatte, wollten wir Geschwister unbedingt Tennisunterricht haben. Mein Vater hatte jedem von uns einen Schläger gekauft. Meiner war leichter als die meiner Brüder und ganz weiß. Ich fand schon das Geräusch aufregend, das es machte, wenn ich nur mit der Handinnenseite gegen die Saiten schlug. Es klang gleich nach Tennis. Ich weiß noch, dass ich zu unserer ersten Stunde türkisfarbene Baumwollshorts trug, die mir mein Vater mal aus Japan mitgebracht hatte, dazu ein ärmelloses türkis-weiß gestreiftes Shirt, das zusammen mit den Shorts in einem Stoffbeutel verpackt gewesen war, der sich als Rucksack benutzen ließ. Der Stoff aller drei Sachen fühlte sich kühl an wie Seide und hatte nie Falten.

Unser Tennislehrer hieß Monsieur Pierquin. Er war klein, braungebrannt, hatte einen spitzen grauen Bart und trug mehrere Goldkettchen. Dafür dass er auf einem in die Jahre gekommenen Sandplatz unterrichtete, dessen Netz genauso müde durchhing wie sein Bauch, war er erstaunlich professionell gekleidet: weiße Shorts und Polohemd, hochgezogene Tennissocken, Schweißbänder.

Mein Bruder Gabriel konnte sofort alles. Sogar Bälle so anschneiden, dass Monsieur Pierquin ganz schön laufen musste, um sie zu erreichen. Monsieur Pierquin war entzückt. *Quel grand talent*. Für uns war es keine Überraschung. Mein Bruder Gabriel kann alles mit Bällen. Immer schon. Aber er spielt eben auch sehr gut Geige. Irgendwann klingelte eine Delegation des FC Bayern bei uns und wollte meine Eltern überreden, Gabriel die Geige zugunsten des Fußballs aufgeben zu lassen, um das mit dem Fußball ernsthaft zu betreiben. Die Geige gewann.

Mein Bruder David spielte ebenfalls sofort sehr gut. Bei ihm sieht alles immer elegant aus, eine Gabe, die sich durch alle Lebenslagen zieht und heute unter anderem seinen Kindern zugutekommt, die er elegant badet, elegant bekocht. Er spielt auch sehr elegant Cello.

Ich spielte sofort sehr schlecht. Es war augenblicklich klar, dass Monsieur Pierquin an mir keine Freude hatte. Das verbarg er nicht. Ich war der Problemfall. *La fille.* Bei mir musste er ewig laufen, um Bälle aufzusammeln, die ich verschlagen hatte, wozu er übrigens nicht lässig den Fuß benutzte, wie meine Brüder, sondern faul den Schläger. Einmal schlug ich einen Ball so hoch, dass wir ihm alle lange nachsahen, ohne erahnen zu können, wo in etwa er wieder auf der Erde aufschlagen würde. Monsieur Pierquin fuhr mit dem Finger die Flugbahn nach und sagte: »Challenger.« Alle lachten. Die ganze Rückfahrt im Auto hielt ich meinen blöden Tennisschläger fest umklammert, kämpfte mit Tränen und sagte kein Wort. Ich bin dann kein Tennisprofi geworden.

# Adolf

Ich weiß nicht, wie er ausgesehen hat, welchen Beruf er hatte, ob er jemanden liebte, zurückgeliebt wurde. Ich weiß nicht, was er gerne aß, welche Zeitung er las oder wo er seine Ferien verbrachte. Vielleicht war er ein schrecklicher Griesgram, dem man besser aus dem Weg ging, vielleicht aber auch ein großer Charmeur. Die wenigen Dinge, die ich über ihn weiß: wie er hieß, wann und wo er geboren wurde, seine letzte Adresse, die heute meine ist, und das Datum seiner Deportation. Die Gestapo kam vermutlich mitten in der Nacht, nahm ihn mit, brachte ihn erst in ein Sammellager, von dort aus dann zum Güterbahnhof Putlitzstraße in Berlin-Moabit, wo man ihn in einen Viehwaggon sperrte, der schließlich von Gleis 69 aus in Richtung Osten fuhr, Richtung Tod.

Seit ein paar Jahren erinnert eine kleine, vor meinem Haus ins Kopfsteinpflaster eingelassene Messingplatte an ihn: Adolf Zadek, geboren am

7. April 1889 in Hohensalza (heute Inowrocław), deportiert am 12. März 1943 nach Auschwitz.

Von meinem Wohnzimmer aus hörte ich einmal, es war Sommer, die Fenster standen offen, »Sieg Heil«-Rufe. Es war eine dieser unsäglichen »Merkel muss weg«-Demonstrationen, die mal wieder durch die Berliner Innenstadt führten, und als ich wenige Minuten später vor Ort war, um den Menschen, die heute »Sieg Heil« rufen, ins Gesicht zu sehen, waren alle Straßen um sie herum so felsenfest abgeriegelt, dass ich nur die gleichmütigen Gesichter der Berliner Polizistinnen und Polizisten sah, die die Demonstration schützten wie an anderen Tagen den Marathon der Inlineskater oder das Laternenfest der Kita.

Auch Adolf Zadek wird von seiner Wohnung aus, die vielleicht heute meine ist, vielleicht die eines Nachbarn, »Sieg Heil«-Rufe gehört haben, der Reichstag ist nah. Ob er versucht hatte, das Land zu verlassen, als es noch möglich gewesen war? Vielleicht hatte er nicht genug Geld, vielleicht gab es jemanden, den er pflegen musste, vielleicht war er selbst nicht gesund? 1943 jedenfalls konnte er nicht mehr zu denen gehört haben, die blieben, weil sie glaubten, es sei alles nicht so schlimm. 1943 war es dafür viel zu spät.

Ich gebe zu, dass sein Vorname mich anfangs irritierte. Auf den anderen Stolpersteinen in meiner Straße stehen schönere: Max Mosche, Hermann, Bianka, Minna, Nelly Henriette, Edith und Klara. Die beiden Letzteren wohnten die Straße etwas weiter hinunter in benachbarten Häusern, sie waren gleich alt, vielleicht Freundinnen, Edith und Klara, beide wurden in Riga ermordet, beide wurden nur neunzehn Jahre alt. Alle waren sie mir sympathischer als Adolf, allein seines Namens wegen, für den er natürlich nichts konnte, und obwohl ich wusste, wie absurd das war. Adolf hießen damals viele. Und Adolf Hitler hätte sogar eher nach Adolf Zadek heißen können als andersherum, denn der aus meinem Haus war älter, zwar nur dreizehn Tage, aber immerhin. Sie wohnten übrigens nicht weit voneinander entfernt, die beiden gleich alten Adolfs, zur Wilhelmstraße sind es zu Fuß nicht mal fünfzehn Minuten.

Ich sehe aus dem Fenster auf die Kastanie im Hof und frage mich, ob Adolf Zadek auch jeden Herbst bei ihrem kahlen Anblick dachte, wie schrecklich der Berliner Winter ist, und sich auf den Frühling freute.

# Will

Wenn man als Journalist viele Interviews gemacht hat, erinnert man sich an die meisten nur noch wie an One-Night-Stands, also nur dem Namen nach, mit einer vagen Vorstellung, ob es angenehm war. Wobei meine Erfahrung, was One-Night-Stands angeht, überschaubar ist. Ich komme auf einen, was auch daran liegt, dass mir das Konzept nie eingeleuchtet hat, nicht mal in den Neunzigerjahren, in denen mir sonst eher viel einleuchtete, sogar Rauchertaxis. Ein One-Night-Stand ist ja nicht einfach so gemacht, sondern muss für alle Zeiten gepflegt werden. Er entsteht im Grunde erst durch die Nachbereitung, da er ja, einmal in der Welt, bis ans Lebensende in seiner Singularität verteidigt werden muss, sonst verlöre er seine ja doch recht eng gefasste Definition. Was also, wenn der One-Night-Stand sich wieder meldet oder, Gott behüte, man sich bei ihm, und dann nämlich doch irgendwie mehr daraus wird? Dann kann man sich wirklich nur vornehmen, es beim nächsten Mal besser zu machen, um die eigene One-Night-Stand-Statistik nicht komplett zu ruinieren.

Außerdem besteht ja bei jedem ersten Sex die Gefahr, dass es ein One-Night-Stand geblieben worden sein wird. Selbst wenn innige Zuneigung im Spiel ist und man sich bereits einig darüber, wie man die gemeinsamen Kinder nennen wird und auf welche Art Schule sie sollen, besteht doch das Risiko, dass einer von beiden noch vor dem zweiten Mal Sex stirbt. Man weiß ja, früher oder später stirbt jeder, was, wenn es zwischen dem ersten und zweiten Mal Sex passiert? Dann wäre auch dies wieder nur ein One-Night-Stand gewesen, woran man doch ganz deutlich sieht, dass diese Definition nichts taugt.

Wie auch immer. Zu den vielen Männern, die ich nur einmal interviewt und dann vergessen habe, was sie ganz grundsätzlich von jenen Männern unterscheidet, die ich trotz eines einzigen Interviews nie vergessen werde, wie zum Beispiel Marcel Reich-Ranicki oder Michael Caine, gehört Will Smith nicht, denn den habe ich drei Mal interviewt. Das erste Mal war 1998 für ›Men in Black‹. Er war sehr schäkerig aufgelegt, aus irgendeinem Grund sollte oder durfte ich ihm an den Po fassen, der sich so hart anfühlte, als ob er ihn extra anspannte, was er verneinte. Zum Abschied schenkte er mir den lebensgroßen Papp-Werbeaufsteller seiner Filmrolle, den ich höflich gelobt hatte, sehr zum Ärger der Mitarbeiter des Filmverleihs, die ihn nun aus der Hotelsuite entfernen und zu uns nach Hause transportieren mussten, auf Geheiß ihres überschwänglich gelaunten Stars. Ein paar Wochen stand er bei uns auf dem Flur, aber nachdem ich jedes Mal zu Tode erschrak, wenn ich aus dem Bad kam und wieder vergessen hatte, dass Will Smith, schwer bewaffnet, bei uns im Flur stand, räumten meine Mitbewohnerin und ich ihn auf den Balkon, wo er sich nach vorne zu wellen begann, als suche er etwas auf dem Boden. Noch Tage nach jenem ersten Interview lief ich singend durch München und war wie verliebt. An das zweite Mal erinnere ich mich nicht. Und beim dritten Mal, wir waren inzwischen beide fünfzehn Jahre älter, fand ich ihn blöd. Gelangweilt und langweilig (vermutlich war er einfach müde). Wir haben uns nie wiedergesehen. Was soll ich sagen, das Leben ging weiter. Mit Will Smith habe ich alle Stadien einer gescheiterten Beziehung durch.

# Adam

Es gibt doch diesen Typen in ›Seinfeld‹, Kramer, den langen Dünnen mit dem wirren Haar, der immer so atemlos in die Szenen platzt. Ich hab einmal ein Interview mit dem Schauspieler gelesen, in dem der über diese Rolle erzählte. Eigentlich habe er ihn als jemanden spielen wollen, der immer zu spät kommt, immer ein bisschen hintendran ist, aber das habe nicht funktioniert. Er habe ihn dann als jemanden gespielt, der immer zu früh ist. Sozusagen eine Figur aus der nahen Zukunft, die immer wieder mal guckt, was die anderen so treiben. So ähnlich kommt es mir bei Adam vor, einem meiner Lieblingsmenschen auf der Welt. Er strahlt immer aus, dass schon alles gut gehen wird, und ihm glaubt man, weil irgendwie klar ist, dass er in Wahrheit weiter ist und das Ende schon kennt.

Adam ist der Neffe einer New Yorker Freundin und fühlt sich für mich an wie ein Cousin. Er ist sehr erfolgreich in seinem Job, irgendetwas mit Finanzen, das er nie richtig erklärt. Wenn ich ihn danach frage, winkt er ab, sei nicht interessant genug. (Er bat mich noch einzufügen, dass er sich dennoch sehr glücklich schätze, diesen Job zu haben.) Wenn ich ihn sehe, trägt er Crocs, diese Plastikschuhe mit Luftlöchern, die er so bequem findet, dass er nicht versteht, wie überhaupt jemand andere Schuhe tragen kann. Er sagt das ernst, dann grinst er. Seinem Sohn hat er auch welche gekauft, selbe Farbe, nur viel kleiner.

In seiner Kindheit ist etwas sehr Trauriges passiert. Vielleicht hat er deshalb eine so gelassene Art, mit den Dingen umzugehen. Als ich wieder mal ein mittelschweres inneres Drama durchmachte, diesmal, weil mir plötzlich aufgefallen war, dass ich das auf seinen Namen gemietete Citi Bike nicht abgeschlossen hatte und es seit Stunden weit draußen in Brooklyn herumstand, weshalb ich davon ausging, dass es jemand geklaut hatte, was laut Mietregeln eintausendzweihundert Dollar kosten würde, sagte er ganz ruhig am Telefon: »Die Chancen, dass jemand ein Citi Bike klaut, sind extrem gering, schlimmstenfalls ist jemand kurz damit gefahren. Bis du das herausgefunden hast, kannst du dir Sorgen machen, aber du kannst dir auch einfach einen schönen Abend machen, es ändert nichts am Ergebnis. Mein Rat: Mach dir einen schönen Abend.«

Adams größte Gabe aber ist, dass er die Welt für andere schöner machen kann, indem er einem zeigt, was er liebt. Ob das ein Dach ist, zu dem niemand je aufguckt, das aber aus einem bestimmten Winkel total verrückt aussieht, oder ein Hotel, das sich als Abkürzung nutzen lässt, wenn man nur weiß, welche Tür man aufziehen muss; ob das ein stinknormales Café ist, über das er erzählt, dass die griechischen Besitzer Kinder so wahnsinnig lieben, dass sich jetzt alle Familien aus der Gegend nachmittags dort versammeln, oder eine Synagoge, die aussieht wie ein sich nach vorne wölbendes Wellblech und die kaum jemand kennt, oder die Supermarktkette, die den saftigsten Schokoladenkuchen der Welt führt (Trader Joe's: »Chocolate Brooklyn Babka«) (er schlug vor, dass ich an dieser Stelle erwähnen könnte, dass er jeden Morgen Schokolade isst). Weiß man von all den Dingen, die er entdeckt hat und großzügig mit einem teilt, ist die Stadt für immer verändert, ist auf einmal viel mehr Liebe darin. Ich wünschte, er könnte mir Berlin zeigen.

# Jürgen

Sie kennen ihn alle. Den Typen, der im Flugha-
fenbus beruflich telefoniert oder noch lieber in der
Bahn, und zwar nicht, wie wir anderen alle, mit
gedämpfter Stimme oder sogar ins Zwischenab-
teil eilend, wo man dann zwar immer noch leise
spricht, aber aus irgendeinem Grund annimmt,
dass einen dort niemand hören kann, auch die Personen nicht, die genau neben einem vor dem einzigen funktionstüchtigen WC Schlange stehen. Ein
vermutlich historisch begründeter Irrglaube – früher stürmte und toste es im Bereich zwischen den
Abteilen ja wie in einem mittelschweren Orkan.
Heute stehen wir höflichen Mitreisenden dort in
der Stille und berichten gut sichtbar mit gesenk-
tem Kopf von einem seltsamen neuen Hautaus-
schlag oder den unlösbaren Mathe-Hausaufgaben
des Drittklässlers. Immerhin, wir brüllen nicht.

Das unterscheidet uns von dem Mann mit der
festen, selbstzufriedenen Stimme, der in jedem

deutschen Zug mitfährt und es immer noch nicht zum Chef gebracht hat, obwohl sein Leben die Arbeitswelt zu sein scheint, so, wie er die ganzen lächerlichen Floskeln draufhat, die man im normalen Leben nicht braucht. »Frau Müller, ich hab mal 'nen Anschlag auf Sie vor«, sagt er zum Beispiel zur Gesprächseröffnung und schickt ein Lachen hinterher, das signalisieren soll, ja, von Spaß verstehe ich was. Es soll auch eine gewisse Lockerheit andeuten, hinter der sich, wer weiß, wer weiß, nach Feierabend vielleicht noch ganz andere Verrücktheiten offenbaren. Zu guter Letzt soll es natürlich auch ein kleines bisschen verschleiern, dass er leider vergessen hat, ein Dokument mitzunehmen, und nun sei er ja schon im Zug (das Lieblingsthema aller im Zug Telefonierenden) und wisse nicht, ob die Verbindung halte (Lieblingsthema Nummer zwei, Stichwort Tunnel) – ob sie es ihm einscannen und mailen würde. Klar doch, vermutlich hat sie es längst getan, mit Anschlägen wie diesem hat Frau Müller ja täglich zu tun.

Bei Männern wählt er einen anderen Ton, weniger scherzend, stattdessen beflissen, eilfertig, *kompetent*. »Ich hab gesehen, dass Sie gemailt haben«, lautet hier eine typische Eröffnungsformel, denn in seiner Welt ist jede Geschäftsmail ein Ereignis, das zu neuen Taten ruft. Das Wort *Meeting* wird mehrmals fallen. Überraschend oft werden auch konkrete Zahlen genannt. »Wenn die Engländer morgen noch vierhundertfünfzigtausend zuschießen, haben wir die Sache im Sack.« Ganze Telefonate bestehen aus nichts anderem als Beteuerungen, er habe alles im Griff. »Ich hab das gestern nochmal angesprochen, und jetzt sind alle im Boot.« »Und ich hab dann gesagt, so wird das nichts, Freunde, wir müssen uns nochmal zusammensetzen.« Niemals hört man von ihm eine Frage, er gibt sich als Mann der Antwort.

Natürlich sagt er auch *Flieger* statt *Flugzeug* und *Office* statt *Büro*, er erfüllt wirklich jedes Klischee, und dass ihm selbst nicht auffällt, was für eine lächerliche Angestelltenkarikatur er abgibt, ist wahrscheinlich das Glück seines Lebens.

Aus dem Anschlusstelefonat, in dem er seiner Mutter mitteilt, dass er im Zug sitzt, nicht weiß, ob die Verbindung hält, ständig diese Tunnel, und sich darüber beschwert, dass man schon jetzt vier Minuten Verspätung habe, erfährt das Abteil dann, wie er heißt. Guter Name. Reimt sich auf Erwürgen.

# Hotti

Eines ungemütlichen Sonntagnachmittags macht sich Hotti auf, seine Tochter zu besuchen, die beim S-Bahnhof Wannsee wohnt, denn er hat Hunger. Er hat sogar einen Mordshunger. Mit dem lustigen französischen Misanthropen Michel Houellebecq hat Hotti nicht nur das Talent gemein, sein Publikum durch wohlgesetzte Bosheiten in den Bann zu ziehen, die beiden eint darüber hinaus auch das fehlende Gebiss.

Hotti ist schon etwas älter. Er hat eine Perücke auf dem Kopf, die das Haar nachbildet, das er zu Hochzeiten Harald Juhnkes gehabt haben dürfte: mittelblond, sehr voll. Seine nackten dünnen Beine stecken in Shorts, dazu trägt er eine bunt gestreifte Kapuzenjacke, Turnschuhe, weiße Socken. Er zieht außerdem einen karierten Rollkoffer hinter sich her, womit er insgesamt aussieht wie ein alt gewordener kleiner Junge, den man ganz allein auf eine lange Reise geschickt hat.

Ein Redeschwall umgibt ihn wie eine dunkle Wolke. Schon beim Betreten der S-Bahn am Bahnhof Charlottenburg schimpft er, und trotz der fehlenden Zähne versteht der ganze Wagen jedes Wort. Na gut, jedes dritte. Eingangs geht es, warum auch immer, um Steffi Graf, das Wesentliche hat er wohl schon auf dem Bahnsteig rausgelassen, macht aber gar nichts, denn schon ist er bei Andre Agassi, den er offenbar für einen ehemals schlimmen Schwerenöter hält: »Den Weibern die Fotze lecken, dit mochte der.« Er berlinert stark, spuckt jedes Wort geringschätzig aus. »Ick hab dit ooch ma jekostet.« Pause. Jetzt hat er seine Zuhörer, man könnte in der voll besetzten S-Bahn einen Fahrschein zu Boden fallen hören. »Hat ma nich jeschmeckt.« Pause. »Da rooch ick lieber eene.« Pause. »Dit schmeckt ooch nich.«

Sein Timing ist sensationell, jede Pointe sitzt. Burgtheater-Niveau.

Und weiter geht's, immer noch Tennis. »Der Becker is pleite.« Stopp. »Hat allet vaballert.« Stopp. »So een Idiot.« Kurze nachdenkliche Stille, nur die Unterlippe arbeitet. »Der sah nie jut aus.« Stopp. »Mit seene jelben Haare.«

Zwischen Hottis Fingern steckt eine halb heruntergerauchte, nicht brennende Zigarette, die er nicht weiter beachtet, als hätte er sie irgendwann, schon etwas her, dort vergessen. Nicht ausgeschlossen, dass sie längst angewachsen ist.

Plötzlich wendet sich Hotti, für alle überraschend, an einen Mitreisenden. »Du.« Der Angesprochene, ein junger Mann, guckt seine Freundin an. »Ja, du. Hast doch bestimmt 'n Telefon.« Der Mann zieht gutmütig sein Handy aus der Tasche und hält es hoch. »Kannste mal meene Tochter anrufen?« Und schon steht Hotti vor ihm und knistert mit einem Papier vor seiner Nase herum. »Dit is die Nummer. Ick hab keen Telefon.« Der Mann wählt. Und was soll er ihr sagen?, denkt der ganze Wagen. »Und was soll ich ihr sagen?«, fragt der Mann. »Sach ihr, der Hotti, der Papa, kommt gleich und hat Hunger.« Der Mann presst sein Handy ans Ohr. Scheint sich nichts zu tun. Immer noch nichts. Schließlich lässt er es sinken. »Geht keiner ran«, sagt er. Darauf Hotti, triumphierend: »Ja, dit is meene Tochter. Jeht nie ran!«

Als Hotti am S-Bahnhof Wannsee aussteigt, begleiten ihn gedachte Bravo-Rufe und stürmischer gedachter Applaus.

# Psycho

Flur. Mehrere Türen gehen ab. Eine öffnet sich, ein Mann, der so glatt aussieht wie eine »Mensch ärgere dich nicht«-Figur mit Brille, erscheint im Türrahmen.

»Sie wollen zu mir, nehme ich an.«

Die Frau, die auf einem Stuhl im Flur Platz genommen hat, erhebt sich: »Wenn Sie Herr Dr.« – sie nennt seinen Namen – »sind?«

Er: »Wer sollte ich wohl sonst sein. Gibt ja keine andere Möglichkeit bei einer Praxis mit nur einer weiblichen Kollegin, oder?«

Sie: »Okay, aber es gehen ja sehr viele Türen ab. Ich weiß ja nicht, ob da nicht noch jemand …«

Er: »Haben Sie Ihre Karte für mich?«

Sie: »Ja, sofort, Sekunde …«

Er: »Ach je, *die* Versicherung. Die hab ich gern. Das war ironisch, das Gegenteil trifft zu. Na toll, da kommt wieder jede Menge Papierkram auf mich zu. Ich nehme an, Sie haben Ihre Krankenkasse nicht gefragt, ob die auch eine Therapie bei einem psychologischen Psychotherapeuten übernehmen?«

Sie: »Oje, nein, danach habe ich mich nicht erkundigt. Aber ist denn die erste Stunde nicht ohnehin umsonst?«

Er: »Ha! Köstlich. Arbeiten Sie denn so? Natürlich nicht. Das ist ja eine kuriose Idee. Die erste Stunde umsonst…«

Sie: »Das war nur eine Frage. Ich hatte gehört, das sei so.«

Er: »Vielleicht bei anderen. Mag sein. Aber nein. Sehr schade, dass Sie Ihre Versicherung nicht gefragt haben, wie die das handhaben. Es ist ja so…«
Er setzt zu einem Vortrag darüber an, dass Leute, die Psychologie studieren, und solche, die Medizin studieren, anschließend erst zu einem gemeinsamen Studiengang… bla, bla… Die Frau, die das weiß und an dieser Stelle zu ausgiebigem Schweigen verdammt ist, sieht sich unterdessen im Raum um. Abgewetzter Dielenboden, durchgesessenes Sofa, sogar die große Topfpflanze sieht suizidal aus.

Er: »Darf ich fragen, wie Sie an meine Nummer gekommen sind?«

Sie: »Ihre Nummer habe ich aus dem Internet,

Ihren Namen hatte mir eine Bekannte mal genannt, ist aber Jahre her.«

Er: »Und wer war das?«

Sie: »Das möchte ich nicht sagen. Patientengeheimnis.«

Er: »Das gibt es nur auf meiner Seite.«

Sie: »Dann nehme ich mir privat die Freiheit zu schweigen.«

Er: »Bitte. Ich habe nur gefragt. Sie werden verstehen, dass es für mich von Interesse ist, wer mich weiterempfiehlt.«

Sie: »Wissen Sie was, es ist vielleicht ein bisschen komisch, aber ich weiß jetzt schon ganz sicher, dass ich bei Ihnen keine Therapie machen möchte.«

Er: »Und warum das?«

Sie: »Weil Sie niemand sind, dem ich mein Herz ausschütten möchte. Und das wäre mir aber ganz wichtig, dass das so jemand wäre.«

Er: »In der Tat. Das ist ganz entscheidend bei einer Therapie. Aber Sie verstehen, dass ich Sie nach Ihrer Versicherung gefragt habe, um Sie zu *schützen*? Das ist in Ihrem Interesse, das verstehen Sie doch?«

Sie: »Es geht nicht um den Inhalt, es ist eher die Form.«

Er: »Gut. Wenn das so ist…« Er kommt mit ausgestreckter Hand auf sie zu. »Dann wünsche ich Ihnen für Ihre Zukunft alles Gute.«

Aus seinem Mund klingt es wie eine Drohung.

# Colin

Die meisten Namen fallen mir ein. Nicht immer sofort, aber in der Regel doch schnell genug, sie noch so ins Gespräch zu streuen, dass niemandem auffällt, dass ich kurz hing. Es sei denn, es geht um Schauspieler. Mit Schauspielernamen habe ich ein Problem. Auch hier nicht mit allen, eigentlich sind es hauptsächlich zwei, von denen ich einen gleich nennen werde, Sekunde, ich muss nur schnell überlegen, ach was soll's, dann google ich ihn eben, das ist ja ganz einfach, er hat zum Beispiel in diesem Film mitgespielt, der eine Veralberung von Vietnam-Filmen war, kein guter Film, hat auch niemand gesehen, wie hieß denn der bloß, also nicht der Schauspieler, sondern der Film jetzt, und wo hat er eigentlich sonst noch mitgespielt, so kommt man ja manchmal drauf, also, ich glaube, nein, ich bin mir sicher, er hat auch Sherlock Holmes gespielt oder war es Watson, den Film habe ich nämlich gar nicht gesehen, weil ich auch den Schauspieler nicht besonders mag, insbesondere nicht, nachdem ich ihn mal interviewt habe, dabei mochte ich ihn vorher, wie heißt er denn bloß, er hat dunkle Augen und lange Wimpern und hatte mal ein massives Drogenproblem, worüber er eine volle Sendung lang mit Oprah Winfrey gesprochen hat, mit mir hingegen nicht, nicht mal eine Sekunde, dabei fand ich meine diesbezügliche Frage eigentlich gar nicht schlecht. Im Internet hatte das Datum gestanden, an dem er mit den Drogen aufgehört hat, und ich fragte ihn nach dem Tag davor. Mochte er nicht. Gut. Weiß man ja nie vorher. Falls ihn noch mal jemand interviewt, kleiner Tipp: diese Frage besser nicht. Er hat irgendeinen dreiteiligen Namen, so wie Robert De Niro, dessen Name mir immer einfällt. Mir fällt auch Leonardo DiCaprio immer ein, Leonardo DiCaprio, Leonardo DiCaprio, schauen Sie, nur der von dem Schauspieler, den ich mal interviewt habe und der mich nicht mochte, ich ihn dann auch nicht mehr, aber er hat damit angefangen, der fällt mir einfach nie ein.

Genauso geht es mir mit diesem anderen Schauspieler, den ich immer noch sehr gerne mag, den ich auch nie interviewt habe und der auch irgendwie italienisch aussieht, aber ich glaube, er ist Waliser oder so etwas (oder Australier?), jedenfalls hat der in einem Film mitgespielt, ja wie hieß jetzt gleich der, da ging es um eine Telefonzelle beziehungsweise da stand er hauptsächlich in einer Telefonzelle und wurde immer mal wieder angerufen, ein Thriller, irgendwie spannend, aber schon eher Langstreckenflug-Niveau, *dafür* aber toll, der hat auch ganz dunkle Augen und eine sehr kleine Nase, und er heißt, er heißt irgendwie so ähnlich wie der andere, oder ganz anders und sie ähneln sich nur dem Typ nach. Aus irgendeinem Grund jedenfalls fallen mir von diesen beiden nie die Namen ein, dabei hat der Letztere, der, glaube ich, ziemlich klein ist, in diesem tollen Film von dem Griechen mitgespielt, in dem auch Rachel Weisz mitspielt, ja wie hieß jetzt der, irgendwas mit einem Tier, und in dem neueren schlechten Film vom selben Griechen spielt er auch mit, aber eigentlich nur halb, denn zur anderen Hälfte ist er da von einem dichten Vollbart verdeckt, wie auch immer, Sie wissen schon, wen ich meine, oder?

# Imre

Imre Kertész starb am 31. März 2016. Er war Schriftsteller, Literaturnobelpreisträger, Holocaust-überlebender und einer der feinsten Menschen, die ich kennen durfte, wenigstens ein kleines biss-chen. Sein ›Roman eines Schicksallosen‹ erzählt von seiner Gefangenschaft im Konzentrationslager, erst Auschwitz, dann Buchenwald. Er war damals noch ein Junge, und als er darüber als Erwachsener schrieb, gelang es ihm, die kindliche Perspektive wieder einzunehmen, die alles betrachtet, ohne zu werten, im Schrecklichen durchaus glückliche Mo-mente entdeckt und dadurch nur umso unbegreif-licher macht, zu was Menschen fähig waren, fähig sind. Dreizehn Jahre arbeitete er an diesem Buch.

Kertész war schwer an Parkinson erkrankt. Als ich ihn das letzte Mal sah, war er aus seiner geliebten Wahlheimat Berlin wieder zurück nach Buda-pest gezogen, lebte in einer mit Büchern vollge-stellten, dunklen Wohnung. Die Krankheit war so schlimm, dass sein Scherz, er könne ja nicht einmal mehr das Fenstersims erklimmen, um hinunterzuspringen, vermutlich keiner war. Obwohl er lachte. Aber das tat er wahrscheinlich nur, um seinem Gegenüber das Gespräch zu erleichtern.

Sein Tod machte mich traurig, kam aber nicht unerwartet.

Aber dass seine Frau Magda nur wenige Monate nach ihm starb, das hat mich umgehauen. Ich denke oft an sie, an sie beide, aber eben auch an sie. In meiner Erinnerung wohnen sie noch in Berlin in ihrer schönen, luftigen Dachgeschosswohnung in Charlottenburg. Er sitzt oder liegt, eigentlich ein Sitzliegen, in einem Stuhl, der gekippt werden konnte, je nachdem welcher Winkel am jeweiligen Tag für ihn erträglich war. Er lacht viel, ein herzhaftes Lachen, bei dem man mitlachen muss, ohne zu wissen warum. Manchmal zwinkert er mir zu. Sein Deutsch ist besser als meines, wegen der ungarischen Färbung klingt es sanft schaukelnd, aber er redet oft so leise, dass ich nicht jedes Wort verstehe. Ernst ist er, wenn es um Literatur geht, um Goethe, Hemingway, sein eigenes Werk. Geht es allgemeiner ums Leben oder die Menschheit, wird er heiter, als Gegengewicht, glaube ich, weil er da rabenschwarz sieht. Kinder wollte er nie. Seine

Frau hat Kinder, und sie hat Enkel, sehr süße, Fotos von ihnen hängen am Kühlschrank. Und während Imre im Wohnzimmer mit mir redet und ich zuhöre, schafft sie unablässig Köstlichkeiten herbei. Champagner für alle, auch für ihren Mann, der keinen Champagner trinkt, Törtchen, Schnittchen, Schokolade, mehr Schnittchen. Sie hat einen energischen Gang und die Angewohnheit, einen bei der Begrüßung fast zu erdrücken. Ihr Talent, das Leben schön zu gestalten, ist vielleicht eher ein vorsätzlicher Wille, immer sind frische Blumen in den Vasen, die Servietten gebügelt, sogar ihre Brille sieht festlich aus. Und trotz ihrer unermüdlichen Herzlichkeit umgibt sie etwas Trauriges, Sorgenvolles, dem sie aber mutig und mit viel Geschirrklappern entgegentritt.

Sie hatte Krebs gehabt, ihn besiegt. Der Krebs kam wieder. Sie starb am 8. September 2016, nicht einmal sechs Monate nach ihrem Mann. In ihrer Todesanzeige stand ein Zitat von ihm: »Das Leben, das uns gegeben wurde, in vollen Zügen zu leben, das ist unsere Aufgabe, wo immer wir auch sind.« Magda Kertész hat das getan.

# Guillaume

Diese Geschichte spielt im Münchner Herkulessaal, in dem ich mir als Abiturientin manchmal
etwas Geld mit Umblättern verdiente. An jenem
Abend, um den es hier geht, trat ein junges Klaviertrio aus Frankreich auf. Ich lernte die Musi-
ker immer erst kurz vor Konzertbeginn kennen,
im Künstlerzimmer hinter der Bühne, wo dann
eine Stimmung herrschte, als wäre jemand gestorben. Alle ganz still, in sich gekehrt. Sah einen versehentlich jemand an, nickte man sich tröstlich
zu.

Während der Konzerte saß ich links vom Pianisten auf einem eigenen Stuhl, las die Noten mit,
und die Aufgabe bestand darin, im exakt richtigen Augenblick aufzustehen und umzublättern. Ja
nicht zu spät, das wäre fatal, auf keinen Fall jedoch
zu früh, das wäre eine Katastrophe, und bloß nicht
versehentlich zwei Seiten auf einmal erwischend.
Dann wieder Platz nehmen und sich so unauffäl-

lig wie möglich verhalten, bis der Pianist in den Noten wieder kurz vor rechts unten angekommen war.

Das erste Stück war einwandfrei gelaufen, das Trio war sehr gut, das Publikum entzückt. Wir standen hinter der Bühne und hörten den Applaus im Saal nun langsam abebben. Ein paar vereinzelte Huster, der Ordner zog die Tür auf. Der Geiger, er hieß Guillaume, ging als Erster hinaus. Ich weiß noch, dass ich es sehr höflich fand, dass der Pianist mir den Vortritt ließ. Möglicherweise dachte ich, während ich über die Bühne auf meinen Platz zuschritt, dass Franzosen schon galanter sind als Deutsche. Und ob ich nicht doch noch mitgehen sollte, nach dem Konzert, ins Opatija.

Ich setzte mich wieder auf meinen Stuhl neben dem Flügel. Guillaume stimmte leise sein Instrument. Er warf mir einen kurzen Blick zu. Ich lächelte, die Hände im Schoß gefaltet. Dann dachte ich, komisch, dass der Pianist noch nicht da ist. Ich drehte mich um, immer noch lächelnd, und in meiner Erinnerung wird an dieser Stelle das Saallicht dunkler, und mein Herz setzt kurz aus: Die Bühnentür ist zu. Guillaume legt die Geige an. Mein Herz schlägt jetzt doppelt so schnell wie normal. Die ersten Takte der Violin-Solosonate

No. 1 in g-Moll von Bach erklingen. *Solo*sonate. Nur für Geige. Meine Anwesenheit auf der Bühne ist völlig sinnlos. Ich sitze ohne Aufgabe im Licht der Scheinwerfer auf einem Stuhl neben dem Flügel im ausverkauften Herkulessaal. Eintausendzweihundertsiebzig Menschen sehen mich grundlos auf einer Bühne sitzen, auf der ein Geiger eine Solosonate spielt. Nach dem ersten Satz kam der zweite, nach dem zweiten Satz kam der dritte. Die ganze Zeit hielt ich den Blick fest auf den goldenen »Steinway & Sons«-Schriftzug schräg vor mir gerichtet in der kindlichen Hoffnung, wenn ich niemanden sähe, sähe auch niemand mich. Meine Wangen glühten. Ich atmete kaum. Alle sahen mich.

Zwei Mal dachte ich, das Stück sei zu Ende, aber Guillaume hatte nur eine Pause gesetzt. Ich verfluchte ihn und den Pianisten und auch den Cellisten, warum hatte denn keiner etwas gesagt?

Als der letzte Ton gespielt war, lauschte Guillaume ihm noch nach, bis sein Schall für immer von der Welt verschwunden war. Dann nahm er die Geige vom Kinn, Applaus setzte ein, und ich stand endlich auf.

# Jochen

Eine Freundin von mir stand mal vor einem Supermarkt. Im Kinderwagen hatte sie ihr Baby dabei, das Einkaufen war anstrengend gewesen, überhaupt war damals gerade alles ein bisschen anstrengend, vor allem fehlte ihr Schlaf. Sie muss ganz schön fertig ausgesehen haben, denn ein Penner kam auf sie zu und fragte, ganz leise, nur zwischen ihnen beiden: »Brauchst du Geld?«

Wahnsinnig rührend eigentlich. Und tausendmal respektvoller und freundlicher als diese Menschen, von denen es ja gerade in Deutschland unbeschreiblich viele gibt, die einem gleich zur Begrüßung schon mitteilen, dass man müde aussieht. Kennt jeder, oder? Diese »Hey, hallo, wie geht's, siehst ganz schön müde aus«-Leute. Ich frage mich immer, was es mit dieser Sitte auf sich hat, einfach alles, was man denkt, ungefiltert weiterzugeben. Ist das Stumpfheit oder wird das von ihnen selbst als unheimlich aufrichtig empfunden?

Glauben sie, man werde ihnen für ihre Ehrlichkeit dankbar sein? Oder soll es sein, wonach es klingt, eine hübsche kleine Beleidigung, passiv-aggressiv als Anteilnahme getarnt?

Und was soll man eigentlich darauf antworten? »Ja, tut mir leid, ich weiß, der Anblick ist nicht schön«? Oder: »Danke für den Hinweis, du, dann renne ich jetzt schnell nach Hause und leg mich nochmal für ein Stündchen hin«? Wäre es nicht viel netter, etwas Nettes zu sagen? Irgendetwas wird sich schon finden lassen, wenn man nur danach sucht. Und wenn nicht, wie schlimm wäre Schweigen?

Hier meine Lieblingsgeschichte aller Zeiten, was das sensible Thema angeht, dass man möglicherweise manchmal schlechter aussieht, als man selbst ahnt. Es ist eine wahre Geschichte, ich kenne jemanden, der die Person kennt, der sie passiert ist, hier also jetzt sozusagen aus dritter Hand.

Also.

Nach langer Zeit hat eine Frau endlich mal wieder ein Date. Sie ist Ende vierzig und sieht super aus. Stellen Sie sich also ruhig eine schöne Frau vor, der diese Sache hier passiert. Der Mann, mit dem sie sich über eine Online-Dating-Plattform verabredet hat, wirkt vielversprechend, und sie hat

Lust, sich für ihn richtig Mühe zu geben. Sie föhnt sich die Haare so, dass sie perfekt fallen, schminkt sich dezent, zieht ein Kleid an, dazu hohe Schuhe. Bisschen Parfüm hinter die Ohren, noch etwas Rouge auf die Wangen. Als sie sich schließlich im Spiegel ansieht, denkt sie fröhlich: Na also.

Auf dem Weg zu dem Ort, wo sie verabredet sind, kommt ihr ein Mann entgegen, der sie ansieht, als kennte er sie. Sie lächelt ihm zu, bester Dinge, er guckt sie komisch an. Es verunsichert sie etwas, dass er sie so ansieht, am Ende ist er ihr Date, obwohl das eigentlich nicht sein kann, weil er ganz anders aussieht als der Mann auf den Fotos. Nein, kann nicht sein. Doch der Mann kommt auf sie zu, ein bisschen zögerlich, als wäre er sich nicht ganz sicher, bleibt direkt vor ihr stehen, sieht sie fragend an – und sagt: »Jochen?«

---

* Update: Nachdem dieser Text in der Zeitung erschienen war, meldete sich die Frau, der das passiert war, die Moderatorin Bettina Rust. Die Geschichte sei falsch überliefert. Sie habe kein Date gehabt. Sie war einfach auf dem Weg zu einer Weihnachtsfeier. Aber der Rest stimme.

# Sepp

Ist vielleicht ein bisschen gemein, aber Fahrlehrer stelle ich mir als den schlimmsten Beruf überhaupt vor. Immer nur mit Menschen zu tun zu haben, die schlecht riechen, was sie in einer Situation, die sie nicht beherrschen, mit achtzehn, neunzehn Jahren unweigerlich tun. Überhaupt, dauernd im Auto zu sitzen. Auf dem Beifahrersitz. Immer dieselben Straßen rauf- und runterzufahren und ganz genau zu wissen, dass alle anderen Verkehrsteilnehmer einen mit dem »Achtung Fahrschule«-Schild hintendrauf sowieso für einen Volltrottel halten, nicht persönlich, aber so als fahrende Gesamtsituation. Ständig neue Heranwachsende voller Hoffnung und Angst. Ständig neue Namen. Sich während der Arbeit zu Tode zu langweilen, aber trotzdem immer hochkonzentriert bleiben zu müssen. Denn es kann jeden Moment eine menschliche Fehlleistung passieren, die nur ein abrupter Bremseinsatz vom

Nebensitz aus gerade noch rechtzeitig korrigieren kann.

Insofern: Ganz großes Kompliment an meinen Fahrlehrer, dass er zum Beispiel die Zumutung ausgehalten hat, mein Fahrlehrer zu sein. Denn ich wusste nichts über Kupplung oder Gangschaltung, als er mich in der ersten Fahrstunde meines Lebens auf die Autobahn A8 Richtung Salzburg zwang. Zwar nur bis zur ersten Ausfahrt, aber irgendwann hatte ich die Gangschaltung, die ich fest umklammert hielt, seinen Befehlen folgend um ein paar Ecken in den fünften Gang hochgeschaltet, von dessen Existenz ich bis zu jenem Moment genauso wenig geahnt hatte wie davon, dass man eine Kupplung »kommen lassen« kann. Ich hatte teilweise die Augen geschlossen, wiederholte immer wieder denselben Satz, nämlich, dass ich das nicht könne, und schloss mit meinem Leben ab. Irgendwie brachte uns mein Fahrlehrer sicher wieder zur Fahrschule zurück.

Allergrößten Respekt also, Höllenjob. Siebenunddreißig Stunden habe ich mit meinem Fahrlehrer auf engstem Raum verbracht, fast jede Erinnerung an ihn verdrängt, ausgelöscht, nie mehr an ihn zurückgedacht. Undeutlich sehe ich mich einmal am Perlacher Forst aus dem Wagen steigen, ich brülle etwas, wütend, verzweifelt, knalle die Fahrertür zu und laufe den ganzen Weg von dort nach Hause. Und dann halt die Prüfung. Auf dem Nebensitz mein Fahrlehrer, irgendwie anders als sonst, womöglich nervös, ob ich's schaffe, oder aus einem anderen Grund, der etwas mit dem Mann zu tun hat, der hinten sitzt, dem Prüfer. Beide Männer wirken genervt oder gelangweilt, jedenfalls nicht an mir interessiert, nichts Aufmunterndes wird gesagt, großes Schweigen an Bord, bis auf die knappen Anweisungen meines Fahrlehrers. Jetzt rechts. Vorne links. Blinker. Obacht, das war knapp. An der Ampel rechts. So, hier einparken, hier einparken, hab ich gesagt. Grausam, das Schlimmste schon jetzt, das Einparken, doch ich schaffe es, ganz leichter Angstschweiß nur. »Motor aus«, sagt mein Fahrlehrer, »Sie warten hier.« Beide Männer steigen aus und ich sehe sie in das Café gehen, vor dem ich eingeparkt habe. Geschlagene dreißig Minuten sitze ich alleine im Wagen, den Hauptteil meiner Prüfung noch vor mir, und warte auf die beiden Männer, und als sie wiederkommen, machen wir weiter, wo wir aufgehört haben, und ich sage nichts, bescheuerter junger Mensch, der ich bin.

# Carlos

Der Künstler schwankt stark, besteht aber darauf zu fahren. Er wirkte schon den ganzen Abend deprimiert, sprach beim Essen kaum ein Wort, dabei waren viele extra seinetwegen angereist. Am nächsten Tag hat er eine große Ausstellungseröffnung, vielleicht, denken wir, hat er Lampenfieber. Es ist spätnachts, die Straßen sind leer, er beschleunigt sinnlos auf hundert Stundenkilometer, bremst überraschend ab, scheint das Rot einer Ampel nicht zu erkennen, scheint es für Grün zu halten, erkennt es dann doch, fährt im Zickzack, jagt mir Todesangst ein. Warum ich nicht darum bitte, dass er rechts ranfährt und mich aussteigen lässt? Weil er mir leidtut. Weil er so traurig wirkt, so verzweifelt und einsam. Weil ich mich wie blöd darauf konzentrieren muss, mich auf dem Rücksitz nicht zu übergeben.

Kaum sind wir in der Wohnung, fällt er A. um den Hals und weint. Er werde bald sterben. »Ich geh drauf, Alter, ich geh drauf.« Die Ärzte würden ihm noch zwei Jahre geben, wenn überhaupt. Bei einer Operation stünden seine Überlebenschancen vierzig zu sechzig. »Ich will nicht sterben, ich werde sterben.« »Hör mal, wir sind doch da, du hast Freunde, du bist nicht allein«, versucht A. ihn zu beruhigen. »Nein, ich werde sterben, hörst du. Vierzig zu sechzig. Ich will kein Gemüse sein. Ich bring mich um, ich bring mich morgen um.« Er weint wie ein Kind. Niemand wisse das, was er uns gerade erzähle, niemand wisse von seiner Krankheit, nur acht oder neun Leute vielleicht, nur die engsten, Familie.

Umarmungen. Trauer. Tragik. Hysterie.

Ich mache Musik an. Das Stück »Oh Boy« von Cam'ron heitert ihn unerwartet auf. »Just Blaze! (Oh baby) oh baby, uh, killa«, singt er laut mit. Auf einmal bin ich seine beste, vielleicht einzige Freundin. Das gibt's doch gar nicht, dass ich ausgerechnet dieses Lied jetzt spiele, genau das hätte er jetzt auch gespielt. Umarmung. Wahnsinn. Euphorie. Irgendwann nimmt er Anlauf aus dem Nebenzimmer und schlägt einen Salto. Ich bin auf einmal selbst ganz überdreht, erst diese Todesnachricht und nun diese unverhoffte Wendung. Vielleicht ist alles doch nicht so schlimm,

vielleicht, hoffentlich, geht alles gut. Großes Mit-
gefühl in mir, großer Wille zur Zuversicht.

Am nächsten Tag ist von ihm nichts zu sehen,
zum Mittagessen treffen wir seine Entourage.
Wann immer sein Name fällt, wird mir schwer
ums Herz, denn ich kenne sein Geheimnis. Die
anderen, die hier alle so laut durcheinanderreden,
ahnen ja nicht, dass ihr Freund wahrscheinlich
bald sterben wird. Ich komme mit einer Frau ins
Gespräch, die auch etwas abseits steht. Sie ist, wie
sich herausstellt, mit einem der engsten Freunde
von Carlos liiert. Wir sprechen über die Ausstellung. Sie sagt etwas Abfälliges über Carlos. Ich
verteidige ihn, sage, ich hätte ihn in der Nacht
ganz anders kennengelernt, es gehe ihm wohl
nicht so gut. »Hat er wieder erzählt, dass er bald
stirbt?«, fragt sie spöttisch. »Das erzählt er ständig, auf keinen Fall glauben, es stimmt nicht, der
findet es einfach nur geil, dass er damit immer im
Mittelpunkt steht.« Ich weiß nicht, was ich sagen
soll, will protestieren. »Aber er hat so geweint«,
sage ich schließlich. »Ja klar hat er das«, sagt sie
leicht, »weinen kann er hervorragend«, und zün-
det sich eine Zigarette an.

# Norbert

Die Grenzen sind fließend, heißt es oft, wenn es um sexuelle Belästigung geht. Meistens denke ich dann, dass man doch aber Nein sagen und klar und deutlich seine Grenzen ziehen kann, es sei denn natürlich, es ist Gewalt im Spiel, und es fühlt sich gut und sicher an, so zu denken. Als könne mir nichts passieren. Aber dann fiel mir neulich wieder diese eine komische Situation ein. Jemand hatte mir zum Geburtstag eine Sitzung bei einem Masseur geschenkt, der wohl sehr gut sein sollte und der auch, ich weiß nicht mehr, wie genau, zum erweiterten Freundeskreis gehörte. Ich war damals noch massageunerfahren, zu jung, zu arm, unter Umständen war es die erste Massage meines Lebens. So war mir zum Beispiel nicht klar gewesen, dass man sich dafür ausziehen muss. Also jedenfalls bis auf die Unterhose. Klar, leuchtete mir schon ein, dass das so gehandhabt wurde, aber es verunsicherte mich auch. Glücklicherweise begann die Massage am Rücken. Es roch nur irgendwie komisch. Die Sitzung fand in einem kleinen Raum im Spa-Bereich eines Hotels statt, aber irgendwie roch es nach Pizza. Norbert, der Masseur, erklärte, dass ihm sein Massageöl ausgegangen sei und er als Ersatz Olivenöl verwende. Okay. Bisschen seltsam, aber nicht so schlimm. Die Rückenmassage war angenehm, dann sollte ich mich umdrehen. Ich drehte mich also um, und Norbert deckte nicht schützend ein Handtuch über mich, sondern begann im Gegenteil, meine Brüste zu kneten. Ich war entsetzt. Gleichzeitig absurderweise bemüht, irgendwie locker zu wirken und unverklemmt, um meine riesige innere Not zu überdecken. Ich wollte auf keinen Fall, dass dies eine blöde Situation zwischen uns wird, und ließ die für mich extrem unangenehme Situation deswegen über mich ergehen. Warum? Weil Norbert irgendwie jemand aus dem Bekanntenkreis war. Weil ich mir nicht sicher war, ob das unter Umständen zu einer Massage dazugehörte. Weil ich so gut wie nackt war und dadurch unsicherer als sonst. Weil ich auf dem Rücken lag, was die Unsicherheit noch mal verstärkte. Weil ich dachte, das dauert nur ganz kurz, das hört gleich auf, einfach noch eben ausharren, dann ist es geschafft. Weil ich nichts falsch machen wollte. Weil ich nicht aus einer möglicherweise vollkommen natürlichen und normalen Situation eine peinliche machen wollte. Weil ich Komplexe hatte, mich hässlich fühlte, zu dick, nicht perfekt, was man halt so alles an sich auszusetzen hat als junge Frau, was insofern eine Rolle spielt, als es mir die Möglichkeit erschwerte, einfach aufzustehen und hinauszugehen (in diesem hellen Licht? nackt?). Weil ich überrumpelt war. Weil alles so schnell ging. Weil ich auf keinen Fall uncool wirken wollte, prüde, verklemmt, warum auch immer, keine bewusste Entscheidung, sondern ein Reflex. Ich sagte noch nicht mal dann etwas, als Norbert mir abschließend noch eine »Rückmeldung« gab, während ich immer noch nackt auf dem Rücken lag und er angezogen neben mir stand: Ich sei die ganze Zeit »sehr in meinem Kopf« gewesen, hätte mich nicht richtig fallen lassen. »Ach nee, du Idiot«, sagte ich nicht und auch sonst nichts, und ich kann wirklich nur hoffen, dass ich zuletzt nicht auch noch Trinkgeld gegeben habe, als Wiedergutmachung für die ganzen blöden Gefühle, die ich seinetwegen hatte.

# Salman

Salman Rushdie hatte einmal eine Buchvorstellung in Berlin. Das Buch war ein fantastischer Roman, wobei fantastisch hier schon auch meint, dass Geister vorkamen und Menschen mehrere Hundert Jahre alt wurden. In der echten Welt war gerade wieder irgendwo ein Terroranschlag verübt worden, und weil die Terroristen vorgaben, im Namen Allahs zu handeln, waren die Erwartungen an Salman Rushdie an diesem Abend groß: Seit er selbst eine Fatwa überlebt hat, gilt er als Experte für islamistischen Terror, was einerseits unfair ist, weil er selbst sich nie für diese Rolle beworben hat, er ist Schriftsteller, andererseits verständlich. In Zeiten, in denen die Welt nicht leicht zu verstehen ist, sucht der Mensch nach Anleitung. Und Schriftsteller werden ja sowieso gerne für weise und erleuchtete Wesen gehalten, zumal wenn sie Männer sind und aus dem Ausland.

Es war also keine Überraschung, überall am

Veranstaltungsort Polizei zu sehen und Personenschützer, gut erkennbar an ihren zwei Metern Körpergröße und dem Knopf im Ohr. Dass ich die Veranstaltung moderieren würde, beeindruckte am Künstlereingang niemanden. Stumm steckte ich längere Zeit in einem Vorraum fest, umringt von weiblichen und männlichen Beamten, die sehr ernst waren und, obwohl sie mich faktisch festhielten, taten, als sähen sie mich nicht. Mann, tat mir Rushdie leid, nach all diesen Jahren immer noch solch einen Sicherheitsapparat ertragen zu müssen. Irgendwann stand ein freundlich aussehender Mann neben mir, der mir ebenso eingeschüchtert vorkam wie ich von alldem superseriösen Walkie-Talkie-Wahnsinn. Wir lächelten uns kurz zu, während wir, wie ich annahm, auf das Eintreffen Salman Rushdies warteten. Irgendwann nickte einer der Beamten dem Mann zu, ein anderer hielt ihm die Tür zum Backstage-Bereich auf, und binnen Sekunden war er verschwunden und mit ihm der gesamte Sicherheitstross.

Ich ging dann auch hinein, niemand hinderte mich mehr, kurz darauf trudelte dann auch Salman Rushdie ein, lässig spät, gut gelaunt und vollkommen allein. Der Personenschutz hatte gar nicht ihm gegolten, sondern dem freundlichen Herrn mit dem schüchternen Lächeln, einem dänischen Zeitungsredakteur, der damals, 2005 war das, die Veröffentlichung der Mohammed-Karikaturen verantwortet hatte. Er war derjenige, der mit Bewachung zu leben hatte, und zwar bis heute, überall, rund um die Uhr. Er war nach Berlin gekommen, um Salman Rushdie zu treffen, der ja dasselbe mitgemacht hatte und so etwas wie ein Schicksalsbruder war. Doch als man nach der Veranstaltung noch in einem Restaurant zusammensaß – die Personenschützer hatten zunächst den Innenraum gesichert und sich dann an strategisch günstige Tische verteilt –, hatte Salman Rushdie überhaupt kein Interesse an ihm, fast schien er ihm lästig zu sein oder jedenfalls das Thema, das der Däne unübersehbar mit sich brachte, vielleicht will man an so etwas wie eine Gefangenschaft nicht erinnert werden, wenn man endlich wieder frei ist. Den ›Game of Thrones‹-Schauspieler, der während der Veranstaltung Auszüge aus dem Roman gelesen hatte und der nun neben ihm saß, fand Rushdie jedenfalls ungleich spannender. Irgendwann ging der Däne, ohne Gespräch. Und mit ihm leerte sich fast das gesamte Restaurant.

# Günter

Einem möglicherweise zu Unrecht dem britischen Schauspieler Michael Caine zugeschriebenen Bonmot verdanken wir folgende Erkenntnis: »Ein Gentleman ist ein Mann, der Akkordeon spielen kann, es aber nicht tut.« Wenig Wahreres ist je festgestellt worden, völlig unerheblich von wem. Allerdings macht man es sich zu leicht, nimmt man nun im Umkehrschluss an, dass jeder Mann, der nicht Akkordeon spielt, auch ein Gentleman ist. Es soll auch große Gentlemen geben, die nicht als Straßenclowns hinter ahnungslosen Passanten herlaufen und dabei pantomimisch deren Gang nachahmen. Oder solche, die sich nicht einfach vorne in die Schlange vor der Sicherheitskontrolle am Flughafen reindrängeln und dabei harmlos gucken. Auch der CSU-Politiker, der neben mir wohnt, spielt meines Wissens nicht Akkordeon, aber in Sachen Zurückgrüßen könnte er noch üben, vom Türaufhalten ganz zu schweigen.

Und natürlich ist die große Frage, ob es heutzutage überhaupt noch Gentlemen gibt, sogar geben darf, wo es ja gar keine Gentlewomen gibt, jedenfalls nicht in unserem Kulturkreis. Gehört der Gentleman, meine Damen und Herren, überhaupt zu Deutschland? Das ist wohl die eigentliche Frage, die hier jedoch nicht abschließend geklärt werden kann, dafür bedürfte es erst noch der vielen und erhitzten Meinungen der Twitter-Polizei, aber als winziger Anhaltspunkt mag eine kleine Beobachtung dienen, die ich kürzlich machte, anlässlich einer Vernissage. Da saß eine elegante und irgendwie wichtige New Yorkerin mit kurzen weißen Haaren an einem Tisch zwischen lauter jüngeren Leuten. Irgendwann gesellte sich zu dieser Runde ein blendend aussehender, ebenfalls weißhaariger Herr, ein Kunstsammler aus München, den eine extrem lässige Eleganz umgab, was nicht nur an seiner tadellosen, der Jahreszeit angepassten Kleidung lag (bilde ich mir nur ein, dass er ein dunkelblau-weiß gestreiftes Jackett trug?), sondern an seinem ganzen Auftreten, aus dem die unwiderstehliche Gewissheit sprach, nie etwas zu verpassen, weil genau da, wo er war, immer der richtige Ort war. Und was tat nun dieser fabelhafte Mann? Zur Begrüßung beleidigte er erst mal die New Yorkerin, die er vor versammelter Tischrunde gut gelaunt darauf hinwies, dass sie ja wohl schätzungsweise so alt sei wie er, mindestens, eher sogar älter vielleicht. Und gleich weiter: Ihre Geschichte, und er sagte *history*, nicht *story*, was sie nochmal um ein Jahrhundert älter machte, würde ihn interessieren, vielleicht ergebe sich Zeit für einen Austausch. Die Runde hielt den Atem an. Die New Yorkerin guckte erstaunt. Und der Münchner, der sich durch kein Wimpernzucken anmerken ließ, ob er sich seiner Unhöflichkeit bewusst war, entkam der heiklen Situation, indem er einfach locker weitersprach. Sie hätten ja beide dieselbe Haarfarbe, womöglich sogar denselben Friseur? Kurze Pause, dann fröhliches Lachen aus New York, erleichtertes Lachen der ganzen Runde, und als der Münchner etwa eine halbe Stunde später ging, hatte er alle verzaubert, insbesondere die New Yorkerin. Das muss sogar ein Mann, der Akkordeon spielen kann, es aber nicht tut, erst einmal hinkriegen: eine Dame beleidigen und als Gewinner der Herzen gehen. Ja, vor Günter ziehe ich meinen Hut.

# Martin

Party. Interessant aussehender Typ guckt einen an, als kenne man sich. Man also irgendwann hin. »Kennen wir uns?« »Hi, ich bin Martin. Ich hab dich jetzt ein bisschen beobachtet, und ich find, du siehst irgendwie traurig aus, ich glaub nicht, dass das andere sehen, du bist 'ne wunderschöne Frau, muss ich dir ja nicht sagen, oder, ganz tolle Aura, ganz besondere Aura, aber wie ich dich da so gesehen hab, wie du da standst, hatte ich den Eindruck, dass dir was auf der Seele liegt. Musste mir auch nicht erzählen, ich hab's nur bemerkt, ja, du lachst, du lachst, bist 'ne Tolle, weißt du hoffentlich, weißt du hoffentlich, dass du 'ne Tolle bist. Mit Tiefgang. Erinnerst mich ganz stark an jemand. Carla. Meine erste große Liebe, einen der schönsten Menschen, die es überhaupt gibt, also nicht nur äußerlich, auch innerlich, weißte, 'ne richtige *Queen* irgendwie, 'ne ganz stark leuchtende Frau, ganz tolle Frau. Französin. An die erinnerst du mich. Die hatte auch so was, was man erst entdecken musste... was auch nicht alle sehen... ganz tolle Frau war das. Sag mal, kann ich dich was fragen, kannst auch ganz ehrlich sein, sag, seh ich schlimm fertig aus? Nee? Echt nicht? Sag ruhig ehrlich. Warte. So, schau nochmal, jetzt hier in dem Licht, seh ich nicht schlimm fertig aus? Nee? Ehrlich nicht? Du, das wundert mich. Ich hab drei Nächte kaum geschlafen. Unser Ältester, Felix, du, ich sag's dir, der ist jetzt in dem Alter, in dem der macht, was er will. Und er will nicht mehr in die Schule. In der neunten ist der jetzt. Aber der will nur noch Party. Ich meine, versteh ich ja, ich war genauso in dem Alter, aber das geht ja nicht, ne, geht ja nicht. Kannst ja nicht machen, was du willst mit dreizehn, vierzehn. Ist ja noch ein kleiner Steppke, auch wenn man... na, wie groß wird der sein... schon so... oder sogar... Voll tiefe Stimme schon. Ich geh dem bis... höchstens... Sorgen... Sorgen... Hast du Kinder? Ist ja das Größte überhaupt, das Allerallergrößte, aber ist halt auch echt *real*, ne, *reality check*, *hello*, *earth calling*, hab das ja früher nie verstanden, was alle meinen mit größtes Glück der Welt und so, aber ist so, ist so, ist halt nur... man lebt dann halt auf 'nem anderen Planeten, ist einfach ein vollkommen anderer Planet. Hast du Kinder? Aber... so ist das Leben, das ist der Kreislauf, der Lauf der Dinge, *family*, Kinder, meine Mutter ist letztes Jahr... So ist das halt jetzt, oder, die Eltern werden alt, schwach, schon komisch, plötzlich ist man der Starke, alles dreht sich, dabei... Meine Frau sagt immer, ich bin zu sentimental, aber ist ja 'ne große Sache, Familie, oder, jedenfalls weiß ich manchmal gar nicht, was ich dem Felix sagen soll, weil ich weiß ja selbst noch, wie das war, wie man war, als man jung war, und jetzt auf einmal... versteh das ja... Ich weiß das ja noch... Meine Güte, oder. Wie schnell das geht. Hat man früher nie verstanden, oder, wenn die gesagt haben, wie schnell das geht, aber jetzt versteht man's, oder? Wie schnell das geht. Grad waren die noch Babys und jetzt rauchen die Gras... Jedenfalls erinnerst du mich total an meine erste Freundin, nee, echt jetzt, voll, hey, das war jetzt echt ein tolles Gespräch mit dir.«

# Marc

Es ist ja nicht so, dass man nur noch gute Sachen über jemanden denkt, bloß weil der tot ist. Zum Beispiel war Marc wahrscheinlich der geizigste Mann, den ich je kannte. Oder sagen wir, einer der zehn geizigsten. Einmal waren wir zusammen in New York, und ich hatte Geburtstag. Am Abend überreichte er mir einen schmalen Bildband über New York. Er hatte ihn nicht mal eingepackt. Vielleicht sollte ich dazu sagen, dass wir damals gerade ein Liebespaar waren. Wäre ich seine Patentante oder Klavierlehrerin gewesen, hätte ich das Geschenk nicht ganz so schäbig gefunden. Ich weiß noch, dass ich mich so sehr über diese Fantasielosigkeit wunderte, dass ich das Buch mehrmals durchblätterte, um den Gutschein zu finden oder sonst was Persönliches, das sich doch bestimmt zwischen zwei Seiten verstecken musste. Aber da war nichts. Nur ein blödsinniger, eben noch schnell gekaufter Bildband mit einem gelben Taxi vorne drauf.

Und trotzdem würde ich sagen, dass seine schönste Eigenschaft seine Großzügigkeit war. Mit sich selbst nämlich ging er absolut verschwenderisch um. Er verschenkte, verschleuderte seinen Charme, seine Intelligenz, seine Wachheit, seinen Witz und seine unbändige Redelust an die ganze Welt, oder jedenfalls an die Teile der Welt, die ihm interessant erschienen. Wenn ich an die kurze Zeit mit ihm denke, ist mir, als hätte er pausenlos auf mich eingeredet. Als hätte er die ganze Zeit entweder links oder rechts von mir gestanden, also da, wo ein Ohr ist, und hineingesprochen wie in einen Empfänger. Ich fand es herrlich und fühlte mich bestens unterhalten, was auch daran lag, dass er so ein blitzschneller, gelenkiger Denker war – was für andere Menschen eine normale kurze Gesprächspause bedeutet hätte, füllte Marc mühelos mit bis zu drei Themen, von denen eines irgendein zu Unrecht übersehenes Randdetail der Popkultur auseinandernahm und wieder zusammensetzte, und zwar mit einem ganz neuen Twist, ein anderes gab wieder, was er einmal in Argentinien oder Brasilien erlebt hatte, oft am Strand, denn er liebte das Meer und war viel und weit gereist, und an das dritte könnte sich sowieso niemand erinnern, denn bis dahin war sein Vorsprung viel zu groß. Aufregend war das und manchmal auch nervig, vor allem wenn er plötzlich ins Englische wechselte, einfach so, weil ihm das Spaß machte. Dann sprach er breitestes Amerikanisch, mit lauter *it's like's* und *you know's*, und das war mir dann manchmal ein bisschen zu viel, aber an irgendwas muss es ja auch gelegen haben, dass wir insgesamt nicht allzu viel Zeit miteinander verbrachten.

Einmal hat er mir eine CD gebrannt. Die Musik darauf war so traurig und einsam, als käme sie aus einem tiefen Loch. Das letzte Stück war von der Mädchenband The Shangri-Las und handelte davon, dass die Vergangenheit für immer vergangen ist, die Gegenwart nicht mehr heil und die Zukunft unsicher. »I don't think it will ever happen again«, damit endet der Song.

Es ist schon ganz schön lange her, dass Marc sich das Leben genommen hat. Seither ist es stiller auf dieser Welt.

# Hermann

Unmerklich hat sich ein neuer Blick auf Menschen eingeschlichen. Nazi oder nicht, denke ich neuerdings immer öfter, und beim Anblick des grauhaarigen Mannes mit der akkurat geschnittenen Drittklässler-Frisur, der in Nürnberg zusteigt, lege ich mich schnell fest.

Kariertes Hemd wie ein Serienmörder aus einem David-Fincher-Film, silberne Schubert-Brille, ein Schnurrbart, der aussieht wie angeklebt. Schnell und bestimmt geht er auf eine Sitzreihe zu, in der ein junger Mann friedlich auf dem Fensterplatz schläft. Der Gangplatz ist frei.

»Haben Sie eine Platzkarte.« Befehlston. Der junge Mann schreckt hoch, erfasst die Situation, setzt sich auf und fragt höflich, freundlich, mit Blick auf den freien Gangplatz, ob der Mann denn auf diesem, seinem Fensterplatz sitzen wolle. »Haben Sie eine Platzkarte«, wiederholt der Alte ohne irgendeine menschliche Regung.

Der junge Mann steht auf und tritt auf den Gang, um den Alten vorbeizulassen. Als er sich dann eben auf den Gangplatz setzen will, sagt der Alte, ohne ihn anzusehen, da komme noch jemand. Eisiger Tonfall. Fast ein Zischen. Der junge Mann packt nun also all seine Sachen zusammen und sucht sich einen anderen Platz im ICE, in dem noch viele Plätze frei sind.

Um die Geschichte abzukürzen: Natürlich kam niemand mehr. Der alte Mann hatte, eiskalt auf seinen eigenen Vorteil bedacht, gelogen. Peter Wohlleben, der Förster, der den Weltbestseller über Bäume geschrieben hat, ist der Überzeugung, wenn mit einem Wald etwas nicht in Ordnung sei, spüre das auch der Mensch und empfinde darin selbst Stress. Klar: Wenn ein einzelner Bahnreisender Hass und Kälte ausstrahlt, so spürt es ja auch der gesamte Waggon. Der böse Alte tat dann nämlich gar nichts weiter, was irgendwie auffällig gewesen wäre, er beschimpfte niemanden, hustete noch nicht einmal, und doch ging von seinem Platz etwas aus, von dem man erst spürte, wie negativ es gewesen war, als er Stunden später endlich den Zug verließ.

Ohne eine überflüssige Bewegung stöpselte er sein Mobiltelefon ein. Machte von seinem Fahrgastrecht Gebrauch, indem er die Fahrkartenkontrolleurin, der er sein Ticket in dem von der Bahn dafür vorgesehenen Kuvert reichte, fragte, um wie viel Uhr mit der Ankunft des (überpünktlichen) Zuges an einem bestimmten Bahnhof zu rechnen sei. Trank aus einer mitgebrachten Flasche. Ging einmal aufs Klo. Schlief. Auf dem Gangplatz, den er sich durch seine Lüge gesichert hatte, reiste sein schwarzer Koffer, an dem außen ein schwarzes Käppi befestigt war, das er vermutlich aufsetzen würde, falls es dort, wo er ausstieg, nach Regen roch.

Meine Augen waren von wochenlanger intensiver Twitter-Lektüre über Brett Kavanaugh gerötet, meine allgemeine Zuversicht durch zwei Jahre Trump zerrüttet, und doch musste ich daran denken, wie in Amerika nach Feierabend ganze voll besetzte Busse, wenn es regnet und kalt ist und jeder nur noch nach Hause will, dem Fahrer zurufen, halt, er solle warten, er solle noch mal die Türen aufmachen, da hinten renne noch jemand und wolle mit. Ich sah auf den Koffer mit dem Käppi neben dem Alten auf seinem Fensterplatz und hasste sie heißer und verzweifelter als jemals zuvor, die deutsche Hasskultur.

# Elemér

Mein Urgroßvater war ein kleiner Mann mit einem freundlichen runden Gesicht, Vollglatze, buschigen Augenbrauen und einem gewaltigen Schnurrbart. Das weiß ich von einem Foto. Ich kenne nur dieses eine Foto von ihm, da steht er in einem Garten und lacht, und neben ihm steht meine Großmutter, die ebenfalls lacht und die ich darauf niemals als meine Großmutter erkennen würde, sie ist noch klein, acht, neun Jahre vielleicht, einfach ein dünnes, lachendes, dunkelhaariges Mädchen mit ihrem Vater im Sommer.

Er hieß Elemér. Elemér Fellner, beziehungsweise Fellner Elemér, denn in Ungarn nennt man ja den Familiennamen zuerst. Er war Ingenieur. Er soll lieb und lustig gewesen sein. Mehr weiß ich nicht über ihn.

In der Yad-Vashem-Database, der Zentralen Datenbank der Namen der Holocaustopfer, steht, dass er 1889 geboren wurde. Wohnort: Budapest.

Schicksal: ermordet. Auch seine Frau findet sich auf dieser Liste, die Mutter meiner Großmutter, Gizella, Gizella Fellner oder andersherum, genannt Gizi. Geboren 1896, Wohnort Budapest, Schicksal: ermordet.

Sie soll leicht melancholisch gewesen sein, Blumen geliebt haben, ihre übertriebene Sparsamkeit ist in unserer Familie legendär. Meine Großmutter hat nie von ihnen gesprochen, mit mir nicht und, soweit ich weiß, auch mit niemandem sonst. Sie hatten gelebt, sie waren gestorben, das war alles.

Gizella und Elemér Fellner wurden im Dezember 1944 erschossen, zusammen mit Tausenden anderer Juden, mitten in Budapest, am Ufer der Donau. Um Munition zu sparen, band man mehrere Menschen mit Draht zusammen. Der Kräftigste bekam die Kugel ab, stürzte in den Fluss und zog die anderen mit unter Wasser. So sind sie gestorben, meine Urgroßeltern, achtundvierzig und fünfundfünfzig Jahre alt.

In den sozialen Netzwerken sehe ich verwackelte Aufnahmen, die zeigen, wie ein Junge voller Hass mitten in Berlin-Prenzlauer Berg mit einem Gürtel auf einen Israeli einprügelt. »Yahudi«, ruft er, Jude. Beim ›Echo‹, der lächerlichsten Preisverleihung der Welt, bei der ausgezeichnet wurde, was sich halt am meisten verkauft, trat, offiziell angekündigt, ein Antisemit auf. Danach wurde wieder mal viel geredet in Deutschland. Die eingebildeten Experten taten auf Twitter oder in Talkshows ihre jeweiligen Meinungen kund, es wurde sich darüber mokiert, dass einige Preisträger aus Protest ihre Trophäen zurückgaben (»wohlfeil«), es wurde über Campino gespottet, der während der Preisverleihung als Einziger etwas Kritisches gesagt hatte (»Klassensprecher«, »Früher war er cooler«). Ansonsten ging es vor allem um Battle-Rap. Der unfassbar unsympathische Rapper, ein Mensch ohne erkennbaren Geist oder Eleganz, ließ sich zu einem Auschwitz-Besuch überreden und gab sich im Anschluss reuevoll und geläutert. Sei ein Fehler gewesen, ließ er verlauten, würde er nicht wieder so machen. Wurde ihm sofort geglaubt.

Oder der Abend in München. Lustige Runde, die meisten so Mitte dreißig. Ein Gast erzählt etwas, das die Vermutung nahelegt, dass er aus einem wohlhabenderen Elternhaus stammt. Ob er Jude sei, fragt die lustige Runde.

Ich denke viel an meine Urgroßeltern in letzter Zeit.

# Chris

Wer Chris in seinem früheren Leben war, weiß ich nicht. Ein Christian in irgendeinem Medienberuf, nehme ich an. Heute ist er Yogalehrer, und als solcher präsentiert er sich beseelt, fast schon heilig auf der Homepage des Studios, in dem er unterrichtet. Man kennt ja diese Kurzzusammenfassungen der jeweiligen Yogalehrer-Lebensläufe, in denen es immer diesen Bruch ins Positive gibt, wenn Yoga entdeckt wird. »Nach einem Burnout fand sie zum Yoga und kehrte daraufhin der hektischen Musikbranche den Rücken«, »1999 führte ihn ein Zufall nach Kalifornien direkt in den Tempel von Shri Parhjan Parharmuk«, »Während meiner Berufstätigkeit in der Modewelt wurde Yoga zu meinem Anker, der mich wohltuend zurück ›nach Hause‹ brachte.«

Körperlich scheint Chris in Topform zu sein. Ein großer, muskulöser Mann, der mühelos minutenlang im Unterarmstand verharrt, weshalb er diese Position in seinen Unterricht einbaut. Yoga-lehrer unterrichten natürlich gerne, was sie selbst gut beherrschen. Mental allerdings gibt es bei ihm durchaus Spielraum zum Wachsen. Das wurde mir eines heißen Augustnachmittags bewusst, als ich, zum ersten Mal in seinem Kurs, während der Stunde fragte, ob es okay wäre, wenn ich kurz das Fenster aufmachte. Das Studio liegt im Dach-geschoss, wunderschön zwar, aber im Sommer extrem stickig.

Irgendetwas an meiner Frage verärgerte ihn.

»Da möchte jemand das Fenster öffnen«, sagte er und starrte mich an. »Ja, nur kurz, ist so heiß«, sagte ich. »Aber natürlich«, jetzt war nicht mehr zu überhören, dass sein Tonfall schon eben höh-nisch gewesen war. »Natürlich, selbstverständlich, diese Frage taucht ja immer mal wieder auf, ob man« – er äffte meinen Tonfall nach – »kurz mal das Fenster aufmachen kann.« Sein Gesicht war plötzlich ein bis zwei Nuancen dunkler. »Na klar, mach ruhig auf«, nun klang er wirklich vollkom-men irre, »wenn du das jetzt für richtig hältst.« Ich fragte mich, ob er mir folgen würde, wenn ich jetzt den Raum verließe. »Mach es auf.« Er hatte seine Matte verlassen, seinen Unterricht unter-brochen. »Dabei weiß sie genau«, sagte er, jetzt an die anderen gewandt, »dass wir hier bei geschlossenen Fenstern praktizieren, weil das die Energie im Raum hält.« Ich beschloss, mir von einem verrückt gewordenen Lehrer nicht meine siebzehn Euro teure Yogastunde verderben zu lassen, und ließ den Rest des Unterrichts in dem stickigen Raum über mich ergehen, etwa ebenso geladen wie Chris.

Aber das war nichts gegen den Münchner Star-Yogalehrer, der mir mal bis in die Frauen-Umkleidekabine nachlief, um mich dort wutentbrannt zur Rede zu stellen, warum ich seinen Kurs zwei Minuten vor Ende verlassen hätte? Ich brachte es nicht über mich, ihm die Wahrheit zu sagen: nämlich dass ich ihn so sehr hasste, dass ich geplatzt wäre, hätte ich noch eine einzige Sekunde lang seine Eitelkeit ertragen müssen, die darin gipfelte, dass er plötzlich vollkommen zusammenhangslos in der lang gestreckten Armstützhaltung mehrere Meter nach links und wieder nach rechts gehüpft war und dabei gekräht hatte, dies hieße »Krokodil«, und außer ihm könne das leider keiner. So viel zum Thema Erleuchtung.

# Stevie

Vielleicht hat es etwas mit den Bergen zu tun.
Oder mal wirklich mit der Nähe zu Italien. Jedenfalls gibt es in Bayern Männer, die ganz anders
sind als im restlichen Deutschland, die irgendwie wirken, als wären sie eins mit der Natur. Als
könnten sie eher im Wald übernachten, einfach
so, ohne Zelt, als in einem Ibis-Hotel an irgendeinem Hauptbahnhof. Als wären sie eher mit Bäu-
men artverwandt als mit, sagen wir, Preußen, die ja
sehr gut in Gruppen funktionieren und als solche
auch stundenlang geduldig an einer defekten Fuß-
gängerampel warten, wenn diese Rot zeigt, denn
Rot heißt Stehen, so wurde das gelernt, und solange also kein Grün kommt, darf man auch niemals gehen. Sieht man sehr oft in Berlin. (Ich muss
beim Anblick dieser stoisch bei Rot Stillstehenden,
die man aus keinem anderen Land der Welt kennt,
immer denken, wie deprimierend ich es finde, dass
so viele Deutsche jeden Befehl ausführen, und bin

schon über Gott weiß wie viele rote Ampeln gegangen mit der inneren Einstellung, es verdammt
noch mal gegen Nazis zu tun.)

Der Bayer, den ich meine, würde an einer defekten Ampel vielleicht stehen bleiben, wenn
irgendwo ein Kind wäre oder er gerade Zeit hätte.
Oder aber er wäre tagsüber eh noch im Bett, weil
er lieber wach ist, wenn die Welt schläft, und er
endlich in aller Ruhe seinen Kram machen kann.
Oder er wäre in aller Herrgottsfrüh schon draußen
gewesen, vielleicht laufend, ohne es gleich Joggen
oder Marathon zu nennen, und jetzt wäre er wieder bei sich zuhaus und schriebe ein Buch. Ganz
wilde Gedichte vielleicht, oder keine Ahnung, ich
habe diese Art Männer nie näher gekannt, leider,
denn ich finde sie toll. Auch wenn sie mich immer
ein bisschen eingeschüchtert haben in ihrer Unbe-
stechlichkeit und Unabhängigkeit, zu der, würde
ich denken, eine Frau gehört, die ganz genauso frei
und unerschrocken ist, wozu man felsenfest wissen muss, wo die eigenen Wurzeln sind.

In Berlin kenne ich solche Männer nicht. Aber
früher in München kannte ich zum Beispiel mal
einen, der hieß Stevie. Das war so ein Großstadt-
indianer, bei dem sich niemand gewundert hätte,
wenn er mit Pfeil und Bogen abends in diese kleine

Bar gekommen wäre, in der ich am Süßigkeiten-Kiosk jobbte, oder mit einem frisch abgezogenen Tierfell über der Schulter. Der Stevie, das war einer, der ohne viele Worte auskam. Der kam vielleicht einfach nur, weil es noch nicht seine Schlafenszeit war, war freundlich und wollte nichts, und zwar von niemandem. Er war damit tausendmal angenehmer als die meisten anderen Männer, die damals in dieser Bar ewig bei mir am Kiosk rumstanden, auf den ›Spiegel‹ deuteten, den ich las, gut sichtbar mit dem Cover nach vorne, und fragten, was ich lese.

Ich weiß nicht mal, was dieser Stevie für einen Beruf hatte. Ich weiß nur, dass er die Berge mochte, mit leicht bayerischer Färbung sprach und dass wir einmal über den Sternenhimmel redeten, was jetzt viel klischeehafter und dämlicher klingt, als es war. Ich weiß auch nicht, wie er mit Nachnamen hieß und ob sein richtiger Vorname am Ende Stefan war, was überhaupt nicht zu ihm gepasst hätte. Falls er dies liest und sich erkennt: einen ganz lieben Gruß – hoffentlich irgendwohin, wo es viel weniger Fußgängerampeln gibt als Bäume.

# Florian

Man muss Florian Henckel von Donnersmarck zugute halten, dass er natürlich nichts dafür kann, grotesk überschätzt zu werden. Ein Name wie ein Donnerhall, dieselbe Frisur wie Goethe, eine Gesamterscheinung, die man sich gut auf einer Kanonenkugel reitend vorstellen kann oder schon zu Lebzeiten auf eine Kupfermünze geprägt. Und es ist ja auch nicht ganz falsch, ihn für einen großen Regisseur zu halten bei immerhin zwei Metern fünf. Doch irrerweise scheint dieser Regisseur, der seit 2007 in der Filmstadt Los Angeles lebt, überhaupt nicht mitgekriegt zu haben, wie man heutzutage Filme macht.

Dass Frauen beispielsweise, selbst wenn sie jung und hübsch sind, gar nicht mehr ständig oben ohne durchs Bild hüpfen *müssen*. Dass Filmmusik dem Zuschauer nicht mehr jedes Gefühl vorbuchstabiert. Dass sich inzwischen eigentlich herumgesprochen hat, dass nicht alles, was in der Vergangenheit spielt, auch verstaubt auszusehen hat, weil es damals, zur Spielzeit, ja noch nicht alt war.

Oder dass es außerhalb von Soaps inzwischen unüblich ist, in jedem Dialogsatz Informationen zu transportieren: »Tante Elisabeth, du Schwester meiner Mutter.« »Mein sechsjähriger Neffe, fehlt dir deine Geburtsstadt Dresden, seit ihr vor drei Monaten in ein fünfundvierzig Kilometer entferntes Dorf gezogen seid?«

Doch all das sind natürlich Anfängerfehler, die einem im Vergleich zur Ewigkeit noch jungen Filmemacher nachgesehen werden können. Ist ja erst sein drittes Werk.

Aber dann gibt es da eben diese Szene in einer Gaskammer. Und dafür bräuchte es dann doch Sensibilität. Und bringt ein Regisseur die halt nicht mit, wäre es Aufgabe der Produzenten, allen voran sind das Max Wiedemann und Quirin Berg, dafür zu sorgen, dass so eine Szene um Himmels willen nicht obszön wird vor lauter, jetzt mal Gutwilligkeit unterstellt, Nichtkönnen. Zumal 2018. Zumal in einem deutschen Film.

Jedoch: Ansehnlich und friedlich sinken bei Donnersmarck die schönen oder jedenfalls durchweg charmanten jungen Frauen, die für diese Szene gecastet wurden, mit ihren langen (also ungeschorenen) Engelshaaren zu Boden, begleitet von sanft klagender Barockmusik. Als Tante Elisabeth, wieder oder immer noch nackt, vom Zyklon B vergiftet in die Knie geht, sieht es aus, als fiele Schneewittchen in einen tiefen, erholsamen Schlaf. Ein schöner, ein friedlicher Tod, denkt der Zuschauer ergriffen, während die Kamera in Großaufnahme ihr Gesicht zeigt, völlig unentstellt, nicht mal eine Spur von Schaum vor dem Mund.

Dabei kam der Tod durch Vergasung keineswegs leise und schnell. Es dauerte zehn bis zwölf Minuten, bis aus einer Gaskammer keine Schreie mehr drangen. Vor Eintreten des Todes schieden die Sterbenden Urin und Exkremente aus. Die Leichen waren oft ineinander geklammert, kaum möglich, sie auseinanderzubekommen. In größeren Gaskammern waren ihre Gesichter schwarz, wie verbrannt, ihre Körper aufgedunsen und blau. Um an ihre Goldzähne zu kommen, musste man ihnen erst die fest zusammengepressten Kiefer aufbrechen. Menschen, die wie die Film-Elisabeth im Rahmen der »Tötung unwerten Lebens« vergast wurden, brach man die Goldzähne schon vor der Ermordung heraus.

Henckel von Donnersmarck hat seinem Film, den sich tatsächlich Zuschauer bis zum Schluss

angeschaut haben sollen, also volle einhundert-
achtundachtzig Minuten lang, folgenden Titel gegeben: ›Werk ohne Autor‹. Schön wär's.

# Grayson

Man muss Trost nehmen, woher man ihn kriegen kann, warum nicht aus der legendären ›Arte‹-Reihe »Durch die Nacht mit…«, in der jeweils zwei Prominente aus Kunst und Kultur einen Abend miteinander verbringen. Da gab es 2004 eine Folge, in der der Schauspieler Udo Kier mit dem englischen Künstler Grayson Perry durch London zog. Perry hatte damals gerade den Turner Prize bekommen. Er ist in Deutschland immer noch nicht besonders bekannt, hat nicht einmal einen deutschsprachigen Wikipedia-Eintrag. Aber darum geht es jetzt gar nicht, sondern um einen Satz, den Perry in dieser Sendung sagte und an den ich seither oft denke, weil er so klug ist und so wahnsinnig unmodern. Glück, sagte Perry, der in der Öffentlichkeit oft Frauenkleider trägt und den man sich in dieser Szene möglicherweise, so genau erinnere ich mich nicht, geschminkt und mit Damenperücke vorstellen kann, aber dennoch erkennbar als Mann, Glück sei: immer das richtige Gefühl zur richtigen Zeit.

Ist das nicht schön? Denn es bedeutet, dass man nicht ständig fröhlich sein muss, sondern auch mal traurig sein kann, ohne dass das gleich therapiert gehört. Dass dunklere Gefühle eben auch zu einem glücklichen Menschen gehören und ständig gut drauf sein zu sollen wider die Natur ist.

Perry beschreibt seine Kindheit in Interviews als schwierig. Sein Vater verließ die Familie, als Perry vier Jahre alt war, der Stiefvater war aggressiv. Durch Perrys Werke, die alle möglichen Techniken umfassen, darunter Keramik und Stickerei, geistert ein Teddybär, Referenz an den geliebten Teddybären seiner Kindheit, mit dessen Hilfe es ihm gelang, nicht für alle Zeiten ein negatives Männerbild zu entwickeln: Er projizierte einfach alle guten Eigenschaften, die ein Mann haben könnte, auf diesen kleinen Stoffbären, eine Art Vaterersatz, den er Alan Measles nannte, nach seinem besten Freund, Alan, und weil er gerade die Masern, *measles*, hatte. In Paris kann man den Original-Alan-Measles auf einem schweren Motorrad sitzen sehen, das Perry so niedlich, bunt und verspielt dekoriert und bemalt hat, dass seine Version unmöglich noch als männliches Statussymbol durchgeht. Es sei denn, man erweitert die eigene Definition von Männlichkeit.

»Männer, setzt euch hin für eure Rechte!«, steht in der Ausstellung im Museum Monnaie de Paris an einer Wand. »Das Recht, verletzlich zu sein. Das Recht, schwach zu sein. Das Recht, sich zu irren. Das Recht, intuitiv zu sein. Das Recht, etwas nicht zu wissen. Das Recht, unsicher zu sein. Das Recht, flexibel zu sein. Das Recht, sich für all diese Dinge nicht zu schämen.«

Der britische Künstler Grayson Perry trägt manchmal Frauenkleider, weil ihm das Spaß macht. Er ist mit einer Therapeutin verheiratet, die beiden haben eine erwachsene Tochter. Nein, es wirke sich nicht auf ihr Leben aus, dass ihr Vater Transvestit sei, sagte die mal. Klar, er falle auf, aber das täten auch Menschen, die ein riesiges Mal auf der Nase haben – er sei einfach nur angenehmer anzusehen. Der einzige Unterschied, der ihr dann doch einfällt: »Bei uns zuhause gab es ein größeres Sortiment an Glitzerschminke fürs Gesicht als bei den meisten anderen.«

Gute Familie, gute Tochter, guter Mann.

# Cameron

Es war August in New York, es war heiß, ich lief mit meinem damaligen Freund eine Straße im East Village entlang, vermutlich schwiegen wir gerade mal wieder verzweifelt, es war kurz vor unserer Trennung, oder *er* schwieg, und ich versuchte, ihn aus der Reserve zu locken, denn ich liebte ihn und hätte gerne gewusst, warum er die Augenbrauen in der Sommerhitze so finster zusammenzog, als ich plötzlich, im letzten Augenblick, erkannte, wer uns da gerade entgegenkam und in diesem Moment auch schon an uns vorbeigelaufen war, und zwar in Begleitung eines Kindes, möglicherweise, wahrscheinlich seines Kindes, ein Junge, auf dessen Schulter seine Hand ruhte, ich hatte so lange nicht an ihn gedacht, natürlich hatte er längst eine Frau, Familie, er war ja ein Mann, und die haben ja meistens irgendwann ein Kind, mindestens eines, und warum sollte ausgerechnet er nicht ein Kind in die Welt gesetzt haben, wäre ja eine Schande, wenn er seine Gene nicht weitergeben würde, dachte ich, während ich aus einem abgelegenen Winkel meines Gehirns seinen Namen zutage förderte und zu meinem damaligen Freund sagte, dass das gerade Cameron gewesen sei, was den aber nicht interessierte, weshalb ich wiederholte, das war Cameron, Cameron, der aus Madonnas »Express yourself«-Video, aber mein Freund sah sich nicht um, sah nicht, wie Cameron, der einmal das berühmteste männliche Model der Welt gewesen war, jetzt um die Ecke bog, der schönste Mann, den ich mir zu der Zeit, als ich mithilfe meiner klugen Mutter mein Englisch-Abitur über die Rolle des Parias in William Faulkners Roman ›Light in August‹ schrieb, vorstellen konnte, mit seinen längeren schwarzen Haaren und dem gestählten Oberkörper, den ich einmal zu zeichnen versucht hatte, mit ganz vielen geraden Linien und harten Schatten, und jetzt habe ich noch nicht mal seinen Mund erwähnt oder die Wangenknochen oder die ganz gerade Nase, und schon war er aus meinem Blickfeld verschwunden, dieser Halbgott, der auf die Erde herabgestiegen war, um im »Express yourself«-Video mit nacktem Oberkörper durch den Regen zu laufen, und in Gedanken war ich auf einmal in meinem alten Zimmer in München-Harlaching, in dem gleich neben der Tür ein weinrotes ecki-ges Telekom-Telefon auf dem Sisalteppichboden stand, auf dem eines Abends eine Freundin an-rief, um mir zu sagen, in der Zeitung stehe, dass Cameron in München sei und dass er im Bayeri-schen Hof wohne, und wir steigerten uns zusam-men in eine riesengroße Aufregung hinein und fuhren am nächsten Tag nach der Schule zum Bayerischen Hof, wo wir eine Weile ratlos in der Lobby herumstanden, bis meine Freundin sich traute, an der Rezeption nachzufragen, ob Came-ron gerade auf seinem Zimmer sei, »wer?«, »Came-ron«, »Nachname?«, »Wissen wir nicht«, Kopf-schütteln, nein, sei nicht da, und wir guckten, als hätten wir mit dieser Auskunft gerechnet, und verließen ganz normal das Hotel, um erst draußen wieder zu atmen und hysterisch zu lachen, nied-liche dumme Hühner aus dem Pestalozzi-Gym-nasium, die wir waren, und dann ging das Leben weiter, und zwanzig Jahre später sah ich ihn leib-haftig auf der Straße vor mir.

»Was ist denn?«, fragte mein Freund.

# Catherine

»Catherine ist der Mann, der ich gerne gewesen wäre«, hat Gérard Depardieu irgendwann einmal über seine Kollegin und gute Freundin Catherine Deneuve gesagt. Darauf angesprochen, erwiderte die: »Ich bin mir nicht sicher, ob ich auch gerne die Frau wäre, die Depardieu ist. Schon ganz schön rund.« Ein andermal sagte sie, als Mann wäre sie gerne George Clooney.

Ich habe sie mal in einer Pariser Galerie gesehen. Eine Vernissage des Fotografen Jürgen Teller. Unter den Gästen waren auch einige der Schauspielerinnen, die er porträtiert hatte. Charlotte Rampling. Stand den ganzen Abend vor ihrem eigenen Porträt, lang, schlank, schön wie eine Füchsin, und strahlte jeden an, der sich ihr näherte. »Das sind aber schöne Schuhe.« »Guten Abend.« »Hallo.«

Leá Seydoux. Eine Ledermütze tief ins Gesicht gezogen, hielt sie sich den ganzen Abend am

Arm ihres Freundes fest, als wäre sie eigentlich am liebsten gar nicht da.

Oder Kristin Scott Thomas, mit Brille und großer Wollmütze anfangs kollektiv übersehen. Erst als sie noch eine Runde durch die Ausstellung drehte, diesmal ohne Mütze, wurde sie wenigstens hier und da mal von jemandem erkannt.

Aber vor allem war da eben Catherine Deneuve. Und obwohl niemand sie anstarrte oder sich nach ihr umdrehte, kultiviert und wohlerzogen, wie man sich in Paris gibt, richtete sich die ganze Abendgesellschaft nach ihr aus wie ein Schwarm kleiner Fische nach einem Hai. Als sie sich im ersten Stock aufhielt, war es im Erdgeschoss, wo sich die Besucher drängten, wie tot. Wieder unten, stand sie lange vor einer Fotografie, die Jürgen Teller in einem Hof auf einer Matratze liegend zeigt, umgeben von Herbstlaub, einen Strauß bunter Luftballons in der Hand, nackt. Sie stand ganz dicht davor. Schwarz-weiß gestreifte Pelzjacke mit mordsmäßigen Schulterpolstern, flache Schuhe, Hose. Von hinten sahen ihre Haare wie Zuckerwatte aus. Als sie sich endlich bewegte, bewegten sich alle, brandeten Gespräche wieder auf.

Irgendwann stand man draußen, rauchte oder nicht, einer dieser milden Pariser Wintertage, an denen so ein verheißungsvoller Glimmer in der Luft liegt. Catherine Deneuve lief telefonierend vor der Galerie auf und ab, was alle registrierten, ohne hinzusehen. Irgendwann hatte sie fertig telefoniert, stand einen Moment unschlüssig da. Dann drehte sie sich um und ging.

Etwa vierzig Personen sahen ihr nach, wie sie die kleine Straße hinunterlief, was sie ganz genau wusste, da sie ja schon jahrzehntelang die Deneuve war. Aber sie gab sich kein bisschen Mühe, schön zu gehen. Sie ging wie ein Bauer. Wie ein Droschkenkutscher nach Feierabend. Mit schlenkernden Armen, die auf einmal zu lang wirkten, breitbeinig, trampelig, schwer. Sie ging, als hätte Gérard Depardieu eine hellblonde Perücke aufgesetzt, sich in eine schwarz-weiß gestreifte Pelzjacke gezwängt und eine richtige Scheißlaune. Sie ging, als sei ihr so einiges herzlich egal, nicht zuletzt die Meinung der Leute, die ihr jetzt ungeniert nachstarrten, eine brennende Zigarette zwischen den Fingern, und kein einziges Wort sagten, bis Catherine Deneuve um die Ecke getrampelt war.

# Ian

Zuerst sah ich ihn auf einem Plakat. Eine Werbung für eine Secondhand-Modenschau im Deutschen Museum. Sein Gesicht in Großaufnahme, schwarz-weiß und leicht von schräg unten fotografiert. Seine Haare standen ihm wie schwarze spiralförmige Antennen vom Kopf ab, seine Augenbrauen waren dick wie Bretter, er hatte warme dunkle Augen und einen großen, weich aussehenden Mund. Das Poster hing damals in vielen Cafés, jedenfalls in denen, in die ich Anfang der Neunzigerjahre ging. Ich fand ihn wahnsinnig schön. Irgendwann reichte es mir und ich klaute eines.

Damals befand sich das P1 noch auf der Südseite des Museums Haus der Kunst. Meistens ging ich mit meiner Freundin Nicola hin, die ein Mofa besaß. Aus irgendeinem Grund glaubten wir, als Französinnen bessere Chancen zu haben, am Türsteher vorbeizukommen, und so sprach Nicola, die im Gegensatz zu mir Französisch konnte, laut auf Französisch auf mich ein, während wir uns der schweren Eisentür näherten, und, so war es ausgemacht, ich nickte und sagte immer wieder mal »ah oui«. Einmal fragte ich den Türsteher sogar, ob schon offen sei, mit französischem Akzent. »'abt ihr schon, wie sagt man auf Deutsch ... offène?« Er muss uns für Verrückte gehalten haben, ließ uns aber immer rein.

Aber was waren wir für schlechte Gäste. Kamen viel zu früh, weil wir nicht wussten, wo wir sonst so lange hätten wach bleiben sollen. Konsumierten nichts oder höchstens mal eine Cola. Standen die ganze Zeit in unseren Jacken oben an der Balustrade, von wo aus man eine gute Übersicht hatte, und taten vor lauter Eingeschüchtertsein wahnsinnig arrogant. All die anderen, die da rauchten und tranken und tanzten und sich alle zu kennen schienen, kamen uns unerreichbar cool vor, die Frauen so schön, die Männer so alt.

Eines Abends standen wir mal wieder an unserem Platz und hatten den Laden im Blick. War es der Abend, an dem De La Soul da waren, beim Tanzen Kopfhörer aufhatten und sich viel langsamer bewegten als alle anderen, wie in Zeitlupe? War wieder mal Yannick Noah da, der französische Tennisspieler mit der netten Zahnlücke, der aus irgendeinem Grund oft in der Münchner Diskothek P1 war? Oder die beiden von Milli Vanilli, ebenfalls Stammgäste, ebenfalls Dreadlocks, die in ihren bodenlangen Ledermänteln fast verschwanden? Wir standen jedenfalls oben und guckten, und irgendwann sahen wir diesen wahnsinnig gut aussehenden Typen reinkommen, der den Raum so zielstrebig durchquerte, als sei das sein Wohnzimmer. An der Wand neben der Tanzfläche stieg er auf einen Tritt und legte seine Tasche, einen dunkelroten Stoffbeutel, irgendwo hoch. Dann kletterte er wieder runter und begrüßte die Leute hinter der Bar.

Ich weiß nicht mehr, wie wir ins Gespräch kamen, aber an diesem Abend lernte ich ihn kennen, den Mann, dessen Gesicht mir so gefiel, dass ich schon ein Poster mit ihm drauf geklaut hatte. Er hieß Ian und war aus London und wurde mein erster Freund. Und wenn nicht alles so verdammt kompliziert gewesen wäre und wir uns nicht die nächsten drei Jahre lang ständig missverstanden und über alles und jede gestritten hätten und er sich dann nicht von mir getrennt hätte, hätte ich es getan. Aber schön war er doch.

# Heiner

Heiner war schon mal im Ausland. Er ist daher Experte. Wir treffen ihn in Asien. Der Ort ist Siem Reap, Kambodscha, könnte aber auch anderswo sein. Hauptsache außerhalb Deutschlands, also Feindesgebiet, »Feindes« natürlich mit zu Anführungszeichen gekrallten Obacht!-Spaß!-Fingern.

Anhand des zerlesenen ›Spiegel‹ auf unserem Frühstückstisch hat er uns als deutsch oder zumindest deutschsprachig ausgemacht und gibt uns nun ungefragt Tipps. Schließlich gehören wir offenbar zur selben Gruppe. Es ist dies exakt die Gruppe, zu der zu gehören man sich in Deutschland mit zunehmender Dringlichkeit wehrt, aber eine lange Flugreise weiter und Pech gehabt.

Dabei meint es Heiner vermutlich wirklich gut. Deshalb sein verschwörerischer Ton. Auf keinen Fall ein Taxi vom Hotel rufen lassen, winkt sein Zeigefinger besorgt, die würden einen nur ausnehmen. Stattdessen Tuk-Tuk von der Straße, aber auch da solle man sich bloß nicht verarschen lassen, denn aufs Touristen-Verarschen ist der Asiate, den Heiner vereinfachend schon mal im Singular nennt, offenbar aus. Grad gestern erst hätten ihm hier Gäste erzählt, übrigens eine ganz sympathische Familie aus Hildesheim, dass ihnen der Fahrer, der sie nach Angkor gefahren hätte – Kenner wie Heiner kürzen Angkor Wat natürlich ab –, für den Tag dreizehn Dollar abgenommen hätte. Elf Euro, rechnet er kopfschüttelnd um. Dabei gehe das viel günstiger, man dürfe sich halt nicht abziehen lassen, und das würden die natürlich immer versuchen, da müsse man höllisch aufpassen. »Handeln«, er schlägt mit der Rückseite seiner Hand in die Handfläche der anderen, »immer handeln.«

Trinkgeld geben müsse man übrigens nicht, da habe er sich informiert. Das Essen in dieser Stadt sei generell schlecht. Die Bedienungen unfreundlich. Und sowieso, zu viele Touristen.

Heiner weiß auch alles über die beste Uhrzeit zur Besichtigung des Ta-Prohm-Tempels, obwohl der natürlich kaputt sei heute, seit ›Tomb Raider‹ mit Angelina Jolie da gedreht wurde. Das sei früher, vor diesem Massenandrang, natürlich 'ne ganz andere Geschichte gewesen. Also nach sieben Uhr morgens könne man es sowieso vergessen. Von den bettelnden Kindern solle man sich nicht stören lassen, einfach ignorieren. Und dann weiß er noch von irgendeinem Sandfloh, der die an sich wohl sehr schönen Strände Kambodschas ruiniere, weshalb er selbst auch nach Thailand weiterflöge, »damit macht man ja nie was verkehrt«.

Neben ihm steht die ganze Zeit seine Freundin, die blonden Haare zu einem Zopf geflochten, der ihr bis zum Po reicht und nach unten immer dünner wird, bis er fast nur noch aus einem Haar besteht. Sie sagt kein Wort und wirkt irgendwie mitgenommen, in jedem Sinne des Wortes.

Morgen früh also geht es nach Bangkok. Derselbe Fahrer, der sie hergefahren hat, fährt sie auch wieder nach Phnom Penh zurück. War ein Tipp vom Reisebüro zuhause in Bonn. Tadellos. Wirklich guter Preis. Neuwagen mit Aircondition. Trinkgeld inbegriffen. Sogar Wasserflaschen hätte es für sie gegeben, umsonst. Zum ersten Mal so was wie Anerkennung in seinem Gesicht. So viel Glück, er kann es kaum fassen. Oder wie das in seiner Welt heißt: »Da kann man nicht meckern.«

# Knud

Meine Großmutter war ganz verliebt in ihn, heißt es in unserer Familie. Weil er so fabelhaft aussah. Und das tat er wirklich. Knapp ein Meter neunzig, blond, ein großer Däne mit gutem Gesicht, der auch ohne Uniform aussah wie ein Kapitän. Er war Arzt. Und General. Jedenfalls irgendetwas Hohes bei der Fluglinie SAS, weshalb meine Brüder und ich davon ausgingen, dass er große Passagiermaschinen fliegen konnte, und ich frage mich soeben zum ersten Mal, ob das wirklich so war. Als wir klein waren, verbrachten wir Ferien im Sommerhaus seiner Familie irgendwo in Dänemark am Meer, wo es sehr viele kleine Frösche gab und eine Scheune, deren Geruch ich heute noch in der Nase habe, wenn ich an sie denke, süßlich und staubig und nach warmem Holz. Seine Kinder waren etwas älter als wir, und da wir uns in keiner Sprache verständigen konnten, lächelten wir uns immer nur verlegen an. Mit seiner Frau Ninna brauchte man keine Sprache. Sie sprach mit Händen und Armen und mit dem ganzen Gesicht, das ich mir nur mit einem großen Lachen vorstellen kann. Zuletzt hatte sie schlohweiße Haare. Glatt, dick, mit Pony, lagen sie ihr wie eine Filzkapuze ums Gesicht.

Knud war der beste Freund meines Vaters. Die beiden hatten nach der Schulzeit zusammen in einem Bläser-Quintett gespielt, Knud Horn, mein Vater Flöte. Manchmal, wenn ich mich wegen irgendetwas über meinen Vater ärgerte, dachte ich daran, dass Knud sein bester Freund war und dass er also deswegen im Grunde so verkehrt nicht sein konnte, wie er mir in diesem Moment erschien. Das half immer.

Als meine Großeltern sich das Leben nahmen, 1991, in ihrem hufeisenförmig gebauten Haus in einem Vorort von Kopenhagen, besprachen sie sich vorher mit Knud. Sie bestellten ihn zu sich, den gut aussehenden, inzwischen grauhaarigen besten Freund ihres Sohnes, und baten ihn um seinen Rat, was die Einnahme und Kombination der Tabletten betraf, die tödlich wirken sollten. Er sei in einem schrecklichen Gewissenskonflikt gewesen, erzählte er mir. Einerseits durfte er als Arzt niemandem dabei helfen, sich das Leben zu nehmen, andererseits

112

aber sei ihm die Vorstellung, dass etwas schiefgehen könnte oder nur einer von beiden überlebe, unerträglich gewesen. Sie seien ein so königliches Paar gewesen. Und fest entschlossen. Sie hätten es sowieso getan, auch ohne seinen Rat. Mein Großvater, der selbst Arzt war, stellte das Rezept aus, das meine Großmutter dann in der Apotheke einlöste. Sie wollten nur eine zweite Meinung. Also gab er nach. Und so haben meine Großeltern es vielleicht ihm zu verdanken, dass ihr Tod so friedlich war. Sie sind einfach eingeschlafen, nachdem sie die Tabletten genommen hatten. Ohne Schmerzen. Die Tatsache, dass sie Hand in Hand in ihrem Bett gefunden wurden, bezeugt das.

Vor ein paar Jahren starb Ninna, nach langer Krankheit. Ich weiß noch genau, wo ich war, als ich die SMS meiner Mutter las, die es mir mitteilte. Inzwischen ist auch Knud gestorben. Ich denke oft an ihn. Und an meinen Vater, der nie wieder mit diesem tollen Mann sprechen kann, der sein Freund war.

# Pablo

Im Prado gewesen. Geweint. Und zwar im ersten Stock vor einem Gemälde, das man bereits vom Nebenraum aus sehen kann und dessen Anblick mich so unerwartet traf, dass ich erschrak und auf der Stelle zu ihm musste, zu ihm gezogen wurde, obwohl ich eigentlich erst noch andere Räume auf meiner Route gehabt hätte. Okay, geweint ist übertrieben, ich stand nicht tränenüberströmt davor und musste mich auch anschließend nicht setzen, um mich zu erholen. Aber als ich davor stand, spürte ich, wie sich Tränen in meinen Augen formierten, nur eine Andeutung, in Blitzesschnelle vorbei, die Fassung nicht verloren, keinen Gefühlsausbruch gehabt, aber eben kurz feuchte Augen, und das will was heißen, denn ich bin normalerweise nicht besonders empfänglich für Malerei, jedenfalls nicht auf Gefühlsebene, oft gefällt mir etwas, meist gar nicht, manchmal sehr, aber es verlässt nie die Ebene des Intellekts. Ich stelle mir vor, dass ich ein bestimmtes Bild gerne besäße, andere sind mir egal, oder ich gehe schnell weiter oder hoffe, dass es sie im Museumsshop als Postkarte gibt. Aber Tränen?

Diego Velázquez, meistens nur Velázquez genannt, malte das Porträt von Pablo de Valladolid, einem Schauspieler am Hofe des spanischen Königs Philipp IV., circa 1635, also vor nahezu vierhundert Jahren. Es ist recht groß, vom Nebenraum aus meint man fast, da steht wirklich jemand, was aber vor allem daran liegt, wie der Porträtierte sich hält. Einen Arm hat er am Gürtel, den anderen streckt er zur Seite, was zufällig wirkt, als sei er gerade mitten in einer Bewegung unterbrochen worden. Und er steht so breitbeinig da, dass er ganz genauso in einem Linienbus stehen könnte, ohne sich festzuhalten, und selbst bei einer Vollbremsung würde er nicht wackeln. Niemand sonst steht auf irgendeinem Gemälde im Prado so da. Er trägt Schwarz, dazu den tellerförmigen weißen Kragen, der damals in Mode war, und sieht den Betrachter an, als hätte ihn Velázquez mitten aus einem interessanten Gedanken oder Satz gerissen.

Vielleicht wirkt das Gemälde auch deshalb so modern, weil Velázquez hier, keiner weiß warum, auf den sonst üblichen Hintergrunddekor verzichtet hat. Da ist kein Möbelstück, kein Fenster, nichts. Pablo de Valladolid steht wie vor einer Leinwand, nur sein Schatten auf dem Boden markiert einen Raum. Manet war von diesem Werk so beeindruckt, dass er seinen berühmten kleinen flötenden Soldaten ebenfalls im leeren Raum malte.

Pablo de Valladolid, genannt Pablillos, wurde 1587 drei Kilometer entfernt vom Prado in dem kleinen Dorf Vallecas geboren, heute ein Stadtteil von Madrid. Als Velázquez ihn malte, war er achtundvierzig Jahre alt und bereits seit mindestens drei Jahren bei Hofe tätig. Er gehörte zu einer Truppe von Komödianten, Hofnarren, die fürs königliche Entertainment zuständig waren. Velázquez hat viele von ihnen porträtiert, darunter auch Kleinwüchsige und stark Schielende, über die man sich damals offenbar amüsierte. Das macht es umso besonderer, wie ernst Velázquez sie nahm. Pablo de Valladolid wohnte in einer Dienstwohnung außerhalb des Königspalastes. Seine Frau hieß Beatriz, die beiden hatten Kinder und Geldsorgen. Gestorben ist er am 1. Dezember 1648. Im Prado ist er noch quicklebendig.

# Keith

Neulich wurde ich mal wieder gefragt, ob ich eine Moderation übernehme. Es gibt ja ständig Veranstaltungen, die moderiert werden müssen, da wird jeder Journalist zwangsläufig öfter mal gefragt. Ich wollte aber nicht. Nicht nur weil ich nicht gerne mit der Bahn irgendwo hinfahre, wo ich dann in einem Hotel einchecke und mich dort zwei Stunden aufhalte, weil ich niemanden in dieser Stadt kenne und nicht in Fußgängerzonen abhängen mag. Sondern auch weil ich nicht so gerne auf Bühnen sitze. Also, ich prügle mich jedenfalls nicht darum. Damit die Veranstalter schnell jemand anderen fragen konnten, mailte ich sofort zurück. Ehrlich, sachlich, kurz. Vielen Dank für die Anfrage, aber ich säße generell nicht gerne auf Bühnen und wolle es deswegen nicht machen, trotzdem ganz herzlich, ich.

Sie können sich nicht vorstellen, wie seltsam das offenbar ankam.

Zufällig traf ich am selben Abend den Chef des Verlags, von dem die Anfrage gekommen war. Schon während des Hallo-Sagens lachte er an, was er gleich anzusprechen gedachte, nämlich, dass das ja eine herrliche Absage gewesen sei, man habe sie ihm weitergeleitet, also wirklich, ha ha haha.

Ich: »Herrlich? Ich hab doch einfach nur geantwortet, dass ich es nicht machen möchte.«

Er: »Ja, aber so toll direkt. Also wirklich fabelhaft. Hahahaha.«

Ich: »Aber das verstehe ich nicht. Wie soll man denn sonst absagen?«

»Keine Sorge«, sagte er und legte mir beschwichtigend die Hand auf den Arm, es sei wirklich toll gewesen, nein wirklich, ganz großartig, und dann lachte er fertig und wandte sich jemand anderem zu, wichtigere Sachen besprechen.

Seither rätsele ich.

Welchen Fehler hatte ich begangen? Ich habe beruflich mehr mit Männern zu tun als mit Frauen, immer schon, scheint irgendeine Gesetzmäßigkeit zu sein, an meiner Absage erschien mir nichts abnormal. Stimmt schon, während ich sie schrieb, hatte ich mich selbst ermahnt, nicht zu ausführlich zu werden, mich nicht zu ausgiebig zu entschuldigen, wie es natürlicherweise meine Art wäre.

Aber die habe ich mir in beruflichen E-Mails abtrainiert, denn wozu? Es gibt auf eine solche Anfrage exakt zwei mögliche Antworten: zusagen oder nicht, für welche man sich entscheidet, steht einem frei. Doch die Reaktion jenes Chefs ließ nur den Schluss zu, dass meine Art der Kommunikation offenbar höchst ungewöhnlich war.

Zwei Amerikanerinnen, die eine Online-Plattform für ausgefallene Kunstobjekte betreiben, Penelope Gazin und Kate Dwyer, hatten es irgendwann satt, negative Reaktionen auf ihre Mails zu bekommen. Wenn überhaupt Reaktionen kamen. Das war während ihrer Anfangsphase, als sie Geldgeber auftreiben mussten und eine Infrastruktur aufbauen. Sie erfanden einen männlichen Mitarbeiter, Keith Mann, mitsamt eigener Firmen-Mailadresse, und seit sie ihre E-Mails in seinem Namen schrieben, lief der Laden. Als Keith wurden sie ernster genommen, bekamen schneller Antworten, und die fielen auch positiver aus, weil diesem Kerl, der da vorhatte, sich selbstständig zu machen, einiges zugetraut wurde.

Vermutlich ist das die Lösung: »Danke für Ihre Anfrage, die wir jedoch nicht zusagen können. Beste Grüße, Keith.«

# Pat & Patachon

Zwei Uhr morgens. Im Hotel nebenan wird eine Party gefeiert, die Musik, Achtzigerjahre-Hits, ist so laut, dass in meinem Schlafzimmer jede Textsilbe zu verstehen ist: »Take on me (take on me). Take me on (take on me).« Langsam würde ich gerne mal schlafen. Ich suche auf der Homepage des Hotels nach der Nummer und rufe dort an.

»Guten Abend«, meldet sich ein Mann.

»Guten Abend, ich wohne neben Ihnen, und die Musik ist sehr laut...«

(Pause) »Welche Musik?«

»Oh, ist das nicht das Hotel Zur Brezl (Name geändert)?«

»Nein, das ist das Hotel Zur Semmel (Name geändert).«

»Entschuldigung, dann habe ich mich verwählt.«

Nach dem Auflegen sehe ich noch mal nach, vergleiche die Nummer mit der gewählten: richtige Nummer, richtiges Hotel, kein Vertun.

Jetzt werde ich wütend. Ich ziehe mir eine Jacke über und verlasse die Wohnung. Ich komme direkt am Ort der Veranstaltung vorbei, ein hässlicher Mehrzweckraum im Erdgeschoss, in dem tagsüber oft Menschen um einen Tisch sitzen und müde auf ein Flipchart schauen. Mit violettem Licht wurde er zur Diskohölle umfunktioniert. Es ist niemand auf der Tanzfläche, wie durch die Gardinen zu sehen ist, der Raum ist so gut wie leer.

An der Rezeption sitzt ein Mann, der auf den ersten Blick okay aussieht, auf den zweiten schmierig. Im Büro dahinter sitzt ein weiterer Mann vor einem Computer und tut, als könne er uns nicht hören.

»Ich hab gerade angerufen, ich wohne nebenan, die Musik ist zu laut.«

Mann 1: »Kann ich ja nichts dafür.«

»Sie arbeiten doch hier.«

»Ja. Aber doch nicht fürs Bankett.«

»Aber im Hotel. Also sagen Sie denen von der Party doch bitte, dass sie leiser machen sollen.«

Die Männer wechseln einen Blick.

»Okay, sagen wir denen«, sagt Mann 1.

Auf dem Rückweg sehe ich, dass sie sich unterhalten, das Fenster zum Büro ist gekippt, ich bleibe stehen und lausche. Die beiden reden sehr leise. Was ich verstehe: Musik ab zweiundzwanzig Uhr… kann ich doch nichts… werde doch nicht… Hochzeitspaar… leiser…

Ich sehe den beiden eine Weile beim Nichts-Unternehmen zu, dann gehe ich wieder zurück.

»Gibt's was Neues? Ist ja immer noch laut.«

Mann 1: »Ist schon in Auftrag gegeben worden.«

»Ist es nicht.«

»Was. Wie können Sie so etwas sagen.«

»Lustigerweise steht das Fenster offen, ich habe alles gehört. Ich würde echt ungern die Polizei rufen, aber…«

Wie auf Stichwort läuft Mann 2 los, verschwindet in Richtung Musik. Er hasst mich. Ich hasse ihn zurück.

Mann 1: »Uns sind die Hände gebunden, wir sind hier nur am Empfang.«

»Na, so was, ist das Hotel herrenlos? Wissen Sie was, verarschen Sie sich doch selber.«

»Wie reden Sie mit mir?«

»Wie reden Sie denn mit mir? Sie haben mich sogar angelogen. Wie heißen Sie, ich notier mir jetzt Ihren Namen.«

»Was soll das? Wie heißen denn Sie? Hören Sie auf, ich werde Sie anzeigen.«

»Sie mich? Und wofür? Weil ich mir Ihren Namen notiere?«

In diesem Moment wird die Musik leiser. Ein besoffener weiblicher Partygast wankt in Richtung Ausgang an uns vorbei. Mann 2 kommt zurück, hasst mich jetzt noch mehr als zuvor. Mann 1 schweigt. »Danke«, lüge ich und gehe heim, endlich schlafen.

# Ryan

Wenn ich das richtig verstehe, ist Ryan Gosling der erfolgreichste männliche Schauspieler unserer Epoche und gilt als Sexsymbol. Er wird dann besetzt, wenn berühmte Regisseure für einen Film, der in einer unsicheren Umgebung spielt – Zukunft, Weltall, Gegenwart – eine zuverlässige Identifikationsfigur brauchen, die weibliche Zuschauer nicht mit zu offensichtlicher Virilität verschreckt. Oder wenn sonst niemand wollte, denn anders ist sein Mitwirken an ›La La Land‹ nicht zu erklären. Erwachsene Frauen schreien sich an roten Teppichen heiser, sobald er in Sichtweite ist. Erwachsene männliche Redakteure senken am Telefon verheißungsvoll die Stimme, wenn sie einem mitteilen, es gäbe die unfassbare Gelegenheit, Ryan Gosling zu interviewen – volle zehn Minuten lang! In L.A.! – was natürlich ein Horrorszenario ist, nicht nur für die Umwelt. Sehr gerne nicht!

Ich habe überraschend viele Filme mit Ryan

Gosling gesehen. Mir kam er immer ein wenig, wie soll ich sagen, eindimensional vor. Egal was die Handlung machte, er guckte immer, als sei er soeben gegen eine Glasscheibe gelaufen und noch hätte die Erkenntnis nicht eingesetzt, dass es gleich wehtun wird. Hätte man mir erklärt, der eigentliche Hauptdarsteller habe kurzfristig abgesagt und nun lasse man das Lichtdouble ran, weil's praktisch sei – okay, Charisma naja, aber immerhin wisse er schon, wann er wo zu stehen habe –, es hätte für mich einiges erklärt.

Nun habe ich mir aber kürzlich noch mal ›Drive‹ angeguckt, seinen angeblich legendären Film aus dem Jahr 2011, in dem er sehr viel Auto fährt, meistens mit Zahnstocher im Mund. Erst jetzt wurde mir klar, warum alle immer meinten, der Film sei aber schon ziemlich brutal. Ich hatte ihn einfach nur langweilig gefunden, was, wie ich rückblickend feststellen musste, daran lag, dass ich ihn im Flugzeug gesehen hatte, also in einer für möglicherweise mitfliegende Minderjährige zensierten Fassung. In meiner Fassung hat Ryan Gosling einmal einen Mann in einem Aufzug gehauen. In der Originalversion tritt er ihn mit Verve tot, und ganz ehrlich, ich hätte Ryan Gosling so viel Temperament nie zugetraut.

Neugierig geworden sah ich mir im Anschluss Talkshow-Auftritte von ihm an. Oh Gott, was für ein lustiger Mensch. Unglaublich schlagfertig und wahnsinnig angenehm genervt davon, als Sexsymbol zu gelten. Sofort nahm ich mir noch mal ›Crazy, Stupid, Love‹ vor, in dem er die Läuterung eines Aufreißers zum treuen Liebenden spielt. Sehr überzeugend, geradezu rührend, wie ich jetzt fand. Und dann gleich noch ›First Man‹, wo er als Neil Armstrong auf den Mond fliegt – und wieder zurück. Ein Film, der Mainstream-Bombast und Wackelkamera zusammenbringt, bisschen zu lang, wo man den Film ja aus anderen Filmen schon kennt, und oft würde man gerne die Musik runterdrehen, aber Ryan Gosling. Ryan Gosling. Hier kann man ihm dabei zusehen, wie er ins James-Stewart-Fach wechselt, zum Helden von nebenan wird, der wir alle sind, Frauen und Männer. Wer übrigens auch wahnsinnig gut war, war die Schauspielerin, die seine Frau spielt, Claire Foy, die in dieser Netflix-Serie über die Queen die Queen spielt und dafür weniger Gage bekam als der Schauspieler, der ihren Mann spielt, also nur den Mann der Queen. Aber das ist dann wieder eine andere Geschichte.

# Arne

Braungebrannter Typ. Wenig Haare, weißes Polo-
shirt, null Lust, von seinem Bildschirm aufzuse-
hen, als ich den Laden betrete, meinen Laptop
unterm Arm. Ein angebissener Apfel ziert das
Schaufenster, die Worte *Service* und *Reparatur*
stehen auch irgendwo. Innerlich probe ich schon
die Sätze, die ich sagen werde, um das Problem zu
erläutern. Es ist mir noch nie leichtgefallen, über
technische Dinge so zu sprechen, dass auch Männer mich verstehen. Vielleicht so: Einige Tasten
klemmen, wäre es möglich, die Klaviatur zu reini-
gen? Sagt man Klaviatur? Tastatur vielleicht eher.
Oder sollte ich besser gleich den ganzen Sachver-
halt schildern? Dass ich im Urlaub meinen Computer dabeihatte und sich nun einige Tasten nicht
mehr so leicht runterdrücken lassen, offenbar
sind Sandkörner dazwischengeraten, obwohl ich
mit dem Computer nie am Strand war, natürlich
nicht, der war die ganze Zeit brav im Hotelzim-

mer, meistens sogar eingepackt, keine Ahnung, wie es passiert ist, aber es ist halt jetzt so… Der Mann hat kurz aufgeblickt, aber durch nichts zu erkennen gegeben, dass er mich sehen kann. Er hat einen Kollegen, aber der ist in einem Kundengespräch. Es fehlt offenbar genau der Kollege, der zum Begrüßen von Kunden zuständig wäre. Ob ich am besten sofort zugebe, dass ich selbst schon mit einem Messer an zwei, okay, drei Tasten herumprobiert habe, ganz vorsichtig natürlich, und beim ersten Mal auch mit Erfolg: Die Sandkörner ließen sich mit einem Wattestäbchen wegtupfen. Die zwei anderen Tasten gingen dann nicht so leicht ab und sie ließen sich anschließend auch nicht mehr perfekt aufsetzen, also die Caps oder wie das heißt, und jetzt klemmt es noch schlimmer als vorher, aber deswegen bin ich ja da.

Jemand hat den Laden betreten, ich weiß ohne mich umzudrehen, dass es ein Mann ist, ich kann seine ganze ungeduldige männliche Präsenz hinter mir spüren, seine Wichtigkeit, sein immenser Zeitdruck erfüllen den ganzen Raum. Wenn ich der braungebrannte Typ hinterm Bildschirm wäre, könnte ich mich nicht mehr länger auf etwas anderes konzentrieren, und tatsächlich, er guckt auf, guckt zum Mann, will schon was sagen, aber nein, da stehe ja ich noch davor, superunwichtig, null Managertyp, lächerlichen Mädchen-Laptop unterm Arm. Müde und genervt nickt er mir zu, ich trete näher, erkläre alles, kein Wort zu viel, keines zu wenig, sofort auch das Geständnis, bereits selbst tätig geworden zu sein.

Ich glaube nicht, dass er eine Augenbraue gehoben hat, aber er sah mich sozusagen mit innerlich gehobener Augenbraue an und sagte dann, dass man da nichts machen könne. »Ja, aber wie säubert man das denn?« »Nicht an den Strand gehen.« »Ich war nicht am Strand.« Gelangweiltes innerliches Achselzucken seinerseits. »Das muss man doch irgendwie reparieren können.« »Müsste komplett ausgetauscht werden.« »Was? Aber es sind doch nur ein paar Tasten.« Er sieht durch mich hindurch. Ich: »Also ist jetzt kaputt, ist so, Pech gehabt?« Er hasst mich lächelnd. »Ja dann …« Seine Augen haben schon Kontakt zum nächsten, zum richtigen Kunden, aufgenommen, als ich mich zum Gehen wende, meinen lächerlichen, kaputten Laptop artig aufgeklappt in der Hand.

# Ralle

Fast täglich laufe ich über eine Brücke, die sich Punks zum Versammlungsort auserkoren haben. Sie sitzen in wechselnden Gruppierungen in der Mitte auf zusammengefalteten Kartons oder Zeitungen, meistens haben sie mindestens einen Hund dabei, den sie bedingungslos kraulen, während sie jede Person anreden, die vorbeikommt. Und zwar bei jedem Vorbeikommen wieder, egal, ob man erst vor einer Minute an ihnen vorbeigelaufen ist und nun aus der anderen Richtung wiederkommt. Ein besonders gutes Gesichtsgedächtnis scheinen sie nicht zu haben, vielleicht tragen sie aus diesem Grund alle so ausgefallen kolorierte Stachelfrisuren, so können sie sich wenigstens untereinander an irgendetwas erkennen.

Ich gebe ihnen nie Geld, aus der kleinmütigen Sorge heraus, dass ich es, wenn ich es einmal täte, von da ab jedes Mal tun müsste – oder mehrmals am Tag immer wieder neu überlegen. Sie sind nicht unfreundlich, aber es fühlt sich trotzdem jedes Mal wie ein Spießrutenlauf an, gleich wieder an einer Gruppe Sitzender vorbeizumüssen, die einen unter Garantie ansprechen werden.

Einer von ihnen hat allerdings seine ganz eigene Methode. Während seine Kollegen nach »einer kleinen Spende« fragen oder wahlweise »ein paar Cent«, bietet er eine genderspezifische Variante an. Frauen, zum Beispiel ich also, bekommen von ihm Folgendes zu hören: »Hast du mal eine kleine Spende – oder wenigstens ein Lächeln?« Das ist sein Spruch für uns, während Männer ernst an ihm vorbeikommen, ohne dass er es kommentiert.

Geld oder Lächeln, das also ist meine kleine Wahl. Klar, man kann das bestimmt süß finden oder sogar charmant. Man kann es, wenn man vielleicht eh schon wegen anderer Sachen geladen ist und es einem gerade noch gefehlt hat, sich von Leuten, die sich Ralle nennen oder Mücke (echt wahr, beides schon gehört auf der Brücke), sehr klischeebehaftet auf sein Geschlecht reduzieren zu lassen, aber auch ziemlich daneben finden. Ich meine, warum soll man als Frau ständig lächeln? Beziehungsweise warum sollten Männer das dann nicht tun? Und wie soll eine lächelnde Frau denn genug Geld verdienen, um es Männern mit Hunden zu geben, die nicht lächeln, aber offensichtlich auch nicht arbeiten? Man weiß doch, dass lächelnden Frauen gerade in Gehaltsverhandlungen ziemlich viel abgeschlagen wird. Und wäre es nicht noch viel charmanter, wenn der Mann, der das Geld einer Frau will, *sie* anlächeln würde, anstatt ihr flapsig diese gönnerhafte Pseudowahl anzubieten, als wäre er in einer Position, dies zu tun.

Was diese – ich sage jetzt mal – Herumsitzenden nämlich zum Beispiel nie machen, ist, etwa aufzuspringen, wenn eine Frau mit Kinderwagen an ihnen vorbeikommt, um eventuell anzubieten, ihr dabei zu helfen, den Wagen die Stufen hinunter- oder zur S-Bahn hinaufzutragen. Nie. Das machen sowieso meistens nur Frauen, wenn Sie eine sind, wissen Sie es, wenn nicht, achten Sie mal darauf.

Einmal aber bin ich extra zurückgelaufen, um einem Geld zu geben, an dem ich schon vorbei war. Er wollte gar nicht, dass ich lächle. Er hatte mich mit seinem »Ey, haste mal 'ne Mark für die Reichstagssprengung?« zum Lachen gebracht.

# Oliver

In meiner Grundschulklasse gab es zwei Olivers: Oliver B. und Oliver S. Ich fand beide sehr schön und war aufgeregt, wenn sie mit mir sprachen, was sie glücklicherweise nie taten. Im Nachhinein betrachtet war ich möglicherweise verliebt oder verknallt, wobei es ja nie leicht ist, die Gefühle zu deuten, die man für jemanden hegen kann (oder auch nicht), zumal wir hier über Menschen reden, die acht, neun Jahre alt sind, aber es ist ja auch später im Leben schwer zu fassen. Man denke nur an Prince Charles, der am Tag seiner Verlobung mit der damals neunzehnjährigen Diana von Journalisten die naheliegende Frage gestellt bekam, ob er verliebt sei. »Are you in love?« Und während Diana diese Frage mit einem fast unhörbaren »Of course« beantwortete, nachdem sie verlegen die Augen verdreht hatte und knallrot geworden war, fiel Prince Charles' Reaktion irgendwie unromantischer aus: »Whatever love means«, sagte er spitz.

Was immer Liebe auch bedeuten mag, irgendetwas in diese Richtung jedenfalls empfand ich für die beiden Olivers aus der 4 b. Nach dem Unterricht verbrachte ich weite Teile meiner Freizeit damit, das Für und Wider für den einen wie den anderen abzuwägen, denn aus irgendeinem Grund glaubte ich mich entscheiden zu müssen. Sie waren unterschiedlich wie Tag und Nacht, aber genau das machte es ja so schwer. Oliver B. war hübsch, zierlich und ruhig, mit einem verschmitzten Humor. Oliver S. war fast weißblond und sah genauso frech aus, wie er auch war. Der eine war eher ein Einzelgänger, der andere ein Anführertyp, beides hatte was, wie ich fand. Der eine lachte nett, der andere zu laut, und was ich an Oliver S. auch nicht mochte, war, dass er von allen Jungen aus der Klasse derjenige war, der dieses saublöde »Deckel hoch, der Kaffee kocht«-Spiel, bei dem die Jungen den Mädchen von hinten den Rock hochzogen, am witzigsten fand. Dafür war mit ihm immer etwas los. Ein paar Tage lang war plötzlich ausschlaggebend, dass Oliver B.s Nachname meiner Meinung nach viel besser zu meinem Vornamen passte. Kein Wunder, dass ich mir die Sache so zu Herzen nahm, es ging schließlich um nicht weniger als meinen ersten Ehemann. Aber wer von beiden sollte es sein? Meine Verzweiflung wuchs, ohne dass die beiden Olivers irgendetwas ahnten.

Und dann kam der Tag der Entscheidung. Es war der letzte Schultag vor den Sommerferien. Wir spielten Fußball, Jungen und Mädchen zusammen, ich war in der Mannschaft von Oliver S. Irgendwann lag der Ball vor meinen Füßen und ich lief los, kam auch gut durch, ehrlich gesagt sogar fantastisch, dafür dass es das erste Fußballspiel meines Lebens war (und auch das letzte). Kurz vor dem Tor jedoch verließ mich der Mut und ich verschoss, der Ball landete in der Hecke. Kurz darauf hatte Oliver B. den Ball, also der Oliver in der gegnerischen Mannschaft, der stillere, mit den dunkleren Haaren. Er lief los, lief zur Überraschung aller in Richtung des eigenen Strafraums, wo ich gerade so peinlich versagt hatte, und rief, während er das Eigentor schoss: »Für Johanna.«

Damit war es entschieden. Oliver B. würde es sein. Nur waren dann eben Ferien, und anschließend gingen wir auf verschiedene Gymnasien, und ich habe ihn nie wiedergesehen.

# Theodor

Meine Angst vor Rechtsanwälten ist fast so groß wie die vor Haien, wozu man wissen muss, dass ich eine irrationale Haiphobie habe, seit frühster Kindheit, die mich sicherheitshalber sogar Hallenbäder meiden lässt. Der Unterschied: Meine Angst vor Rechtsanwälten hat die Welt des Irrationalen verlassen, als ich selbst einmal einen engagierte, ist schon ein paar Jahre her. Es ging um Arbeitsrecht, der Mann war mir von einem Kollegen empfohlen worden, große Kanzlei, guter Name, beeindruckendes erstes Treffen, bei dem ständig irrsinnig freundliche Menschen mit Aktenordner vorbeihuschten, langer Tisch im Konferenzsaal, Riesenverständnis für meine Lage, ebenfalls riesig das Talent zur Beruhigung: würden wir alles hinkriegen, Standardsituation, überhaupt, wirklich überhaupt kein Problem.

Der erste Ratschlag des Anwalts war dann gleich eine Vollkatastrophe. In völliger Unkenntnis der Sachlage von ihm mit Kennermiene erteilt, und von mir selbstverständlich exakt so befolgt. Darauf angesprochen, behauptete er, mir diesen Rat nie erteilt zu haben, schließlich sei er mit der Sachlage noch nicht vertraut. Um es abzukürzen, die Sachlage und er sollten sich für immer zueinander verhalten wie der australische Kontinent zum nordamerikanischen: vielleicht schon mal gehört voneinander, aber bestimmt nie gesehen. Er war dann auch gar nicht mehr zu erreichen für mich, die ich Sorge hatte, dass gewisse Fristen verstreichen könnten, ohne dass irgendetwas anderes geschah, als dass mir wieder eine andere Sekretärin der Kanzlei versicherte, sie richte ihm aus, dass ich angerufen habe. Irgendwann versuchte ich es auf seinem Handy. Die Nummer hatte er mir bei unserem ersten Treffen gegeben, ohne allerdings dazuzusagen, zu welchem Zweck. Sie war jedenfalls nicht dafür gedacht gewesen, sie jemals zu wählen, wie ich bei unserem letzten Telefonat erfuhr, bei dem er mich maßregelte wie ein Kind, das schrecklich unartig gewesen war. Als sein Handy klingelte, habe er gerade mitten in einem wichtigen Meeting gesteckt, ob ich mir vorstellen könne, wie unangenehm das für ihn gewesen sei. »Stellen Sie sich mal vor, ich wäre Arzt und würde gerade operieren. Einen Chirurgen ruft man auch nicht an.« Er sagte noch ganz andere Dinge zu mir bei diesem sehr überraschenden letzten Telefonat, das eigentlich nur der Nachfrage dienen sollte, wie denn die Lage sei, da sich mir nicht erschließe, wo genau wir nun stünden. Er fühlte sich mit dieser Frage nicht wohl, wurde sarkastisch, beleidigend, laut, legte sein Mandat von sich aus nieder, bot mir hasserfüllt an, mir nichts zu berechnen, bot mir alternativ an, mir noch beim Formulieren einer E-Mail behilflich zu sein, die ich meinem Arbeitgeber schicken musste, wofür er sechshundert Euro in Rechnung stellen würde, zuzüglich Mehrwertsteuer. Ich tat so, als müsse ich wirklich überlegen. Da war diese unerklärliche Angst, er könne mir etwas antun.

Hiermit versichere ich ausdrücklich, dass nichts von dem eben Erwähnten zutrifft. Er hieß auch nicht Theodor, bin doch nicht wahnsinnig. In Wahrheit gibt es natürlich keine schlechten Rechtsanwälte. Nur das mit der Angst vor Haien, das stimmt.

# Baruch

Ich liebe Männer. Natürlich nicht alle. Aber diesen zum Beispiel, seiner Unterschrift nach könnte er Baruch geheißen haben, wobei das eher unwahrscheinlich ist. Aber warum nicht, sagen wir, er hieß Baruch.

Es war einer dieser Tage, an denen einen die Gegenwart mit all ihren sinnlosen Herausforderungen extrem erschöpft zurücklässt (IBANs fehlerfrei eingeben, wieder jemandem zurückmailen müssen, dass man leider nichts Gescanntes mailen kann, weil man nicht scannen kann, ansonsten viel Zeit in Warteschleifen verbracht). Aber dann saß man endlich in dem Car-Sharing-Wagen, den man sich, stolz darauf, so gewitzt gewesen zu sein, kurz zuvor ganz easy per Smartphone reserviert hatte und mit dem man nun ans andere Ende der Stadt fahren wollte, wo man eingeladen war. Genialerweise hatte man sogar daran gedacht, die Car-Sharing-Karte einzustecken, die man damals noch brauchte, um die Tür zu öffnen. Lenker, Zündknopf, Gaspedal, konnte losgehen, ah, etwas fehlte wohl noch, Himmel, ein Code. Aber wie war der noch gleich? Der übliche schien es nicht zu sein, oder doch noch mal probieren, nee, der war's nicht, vielleicht waren hier mehr als vier Ziffern gefragt, aber was für eine Kombination könnte das gewesen sein?

Um es kurz zu machen, eine halbe Stunde später hatte ich im strömenden Regen endlich ein Taxi gefunden, es war sogar ein Fahrer, der nicht gleich schimpfte: »Wo soll das sein, nie gehört«, es war Baruch, unser Baruch, und er fuhr so vertrauenerweckend durch die dunkle, kalte, feindliche Nacht, dass ich ihm mein Herz auszuschütten begann. Das Leben, die Menschen, das Land, vor allem aber diese ganzen Codes immer. Wie man sich das alles merken solle, ständig neue Passwörter und Zahlenkombinationen, und ständig mussten sie elaborierter werden, mit Groß- und Kleinbuchstaben, Sonderzeichen und jetzt bitte doch noch um zwei Stellen länger. Baruch, der die ganze Zeit sicher und klar durch die Windschutzscheibe nach vorne blickte, stimmte mir zu. Allerdings habe er sich schon vor längerer Zeit einen ganz simplen Trick ausgedacht, und den wende er jetzt immer an. Ob ich den hören wolle?

Wollen *Sie*?

Und hier Baruchs ganz simpler Passworttrick, bitte sehr: Man denke sich ein Sonderzeichen aus, anschließend entscheide man sich für einen Satz, den man sich leicht merken könne. Diesen Satz hänge man an das Sonderzeichen, allerdings verwende man von jedem Wort des Satzes jeweils nur den Anfangsbuchstaben, so, und diese Buchstaben schreibe man jetzt immer abwechselnd klein und groß (dass ich an dieser Stelle nicht fragte, wie man sich merken solle, ob man groß oder klein angefangen habe, wurmt mich immer noch). Anschließend nehme man eine Zahl, die man sich gut merken könne (oder sagte er: mehrere?) (und welche eine Zahl könnte man sich *nicht* gut merken?) (ach, Fragen, wo wart ihr, als es drauf ankam?) – naja, an diese Zahl jedenfalls, wie lang auch immer sie sei, hänge man nun zu guter Letzt noch die ersten zwei Buchstaben der jeweiligen Website, für die das Passwort gebraucht werde. Also die nach www. Klar?

Und Sie können sich überhaupt nicht vorstellen, wie einfach das alles aus seinem Mund klang.

# Markus

In Michael Endes Buch ›Jim Knopf und Lukas der Lokomotivführer‹ gibt es die Figur des Scheinriesen, der aus der Ferne riesengroß wirkt, und je näher er kommt, desto kleiner wird. Ähnlich verhält es sich mit meiner Ablehnung von Markus Lanz. Wenn ich an ihn denke, was ich in diesem Moment tue, finde ich ihn schwer zu ertragen. Mich stört, wie er mit den Leuten redet, die in seine Talkshow kommen, um etwas zu verkaufen, das Geduckte daran, dieses Sich-klein-stellen, um dem Gegenüber schönzutun. Es gibt diesen jüdischen Satz: »Mach dich nicht so klein, so groß bist du nicht.« Der fällt mir zu Markus Lanz ein. Ich wünschte, er würde nicht immer so von unten zu seinen Gästen hochsprechen, als wolle es einfach nicht in seinen Kopf, dass etwa ein Herbert Grönemeyer morgens frühstückt. »Und was macht ein Herbert Grönemeyer sich dann so?« »Porridge.« »Porridge? Wahnsinn.«

Er trägt Anzüge in beruhigenden Farben wie Aubergine oder Herbstlaub, die mit seinem gebräunten Teint harmonieren. In einer Hand hält er die Karten, auf die er nie guckt, er ist perfekt vorbereitet. Die andere nutzt er als Spielhand, zum Gestikulieren oder um sich ans Kinn zu fassen, wenn jemand etwas Trauriges erzählt, vom Tod eines geliebten Tieres etwa oder einer SPD-Mitgliedschaft.

Gerne erwähnt er, viel gereist zu sein. Asien. Hab da mal eine Reportage, murmel … Man versteht ihn dann kaum, so sehr bemüht er sich, bloß nicht als Wichtigtuer dazustehen. Ein Räuspern läutet seine Anekdote vom Mekong ein, es denken ja viele, dass Räuspern bescheiden wirkt, woher auch immer das kommt, vielleicht, weil es auf eine Erkältung hindeuten könnte und man sich diese früher, bevor die Zentralheizung erfunden wurde, oft in Armenvierteln zuzog. Keine Ahnung. Kleines Räuspern von Lanz jedenfalls, während die Spielhand die Runde zu kurzem Innehalten einlädt, und dann kommt, mit sicher gesetzten Pointen, eine Geschichte, bei der am Schluss alle lachen, auch Lanz, dessen Gesicht dann sympathisch zerknautscht, dazu gibt es den ganz großen Studio-Applaus.

Kommt die Antwort eines Gastes beim Publikum besonders gut an, wiederholt er sie gleich nochmal als Frage. Hast du wirklich Frage nochmal. Und man denkt sich, ja, hat der Gast wirklich, hat er doch eben gerade gesagt. Oder was er auch gerne macht, ist, wenn ein Gast eine Pointe setzt, diese zu wiederholen, wenn er ausgelacht hat, und zwar mit dem Zusatz: »Das ist auch nicht schlecht.«

Ansonsten verbringt er seine Interviews zu großen Teilen damit, entweder zu erzählen, was ihm mal jemand in dieser Sendung erzählt hat. Oder exakt das noch mal abzufragen, was sein jeweiliger Gast ihm letztes Mal in dieser Sendung erzählt hat. Dadurch entstehen Redundanzen, aber die sind in einer Sendung, die hauptsächlich von Menschen geguckt wird, die direkt im Anschluss schlafen möchten, vielleicht nicht unerwünscht.

Doch wenn ich, was so gut wie nie vorkommt, mal eine Sendung mit ihm sehe, dann passiert das Zauberstück, dass ich überhaupt nicht mehr nachvollziehen kann, was ich an ihm noch mal so schlimm finde, wenn er außer Sichtweite ist. Wenn ich ihn sehe, finde ich ihn schlagfertig, witzig, wach, schlau, höflich und total nett. Wie macht Markus Lanz das?

# Dirk

Hatten Sie schon mal beruflich mit Männern zu tun? Also in Gruppen? Dann kennen Sie Dirk, von dem es sehr viele gibt und immer geben wird, geben muss, denn ohne Dirks würde nichts funktionieren. Jedenfalls nichts mit Menschen in leitenden Funktionen. Dirks werden gebraucht, um Betriebe am Laufen zu halten, denn sie leben und denken in Hierarchien. Die da oben – und wir Dirks hier, die wir es noch nicht so weit gebracht haben.

Ob Dirk es je ganz nach oben schafft, ist fraglich. Denn er ist nicht zum Anführen geboren. Dafür ist er ein bisschen zu gründlich, zu fleißig, vor allem aber zu pflichtbewusst. Anders ausgedrückt: zu schlecht im Delegieren. Aber, und das muss ihm vielleicht mal jemand sagen, bevor er nur noch gebeugt durch die Flure schleicht: Auch er ist wichtig. Ohne solche wie ihn würde es schließlich überhaupt keine Chefs geben, dafür muss schließlich irgendjemand unter denen sein.

Dirk ist der Kollege, der lauter lacht, wenn der Chef im Raum ist.

Er übernimmt freiwillig Tätigkeiten, auf die sonst keiner Lust hat. (Und glaubt wirklich, das werde ihm eines Tages noch gedankt.)

Wie eine Blume, die sich zur Sonne hinwendet, spricht er in Meetings nur in Richtung Chef. Ist der Chef nicht da, richtet er sich an dessen Stellvertreter. Die jeweiligen Positionen sind ihm immer geläufig, er hat sie zutiefst verinnerlicht und widerspruchslos akzeptiert. Insgeheim, aber das muss wirklich unter uns bleiben, liebäugelt er selbst mit dem Stellvertreter-Posten, von dem aus es dann nur noch wenige... ach, Träume.

In Anwesenheit des Chefs spricht Dirk in Meetings länger als sonst. Das liegt daran, dass er die Meinung des Chefs während seines eigenen Redebeitrags erst noch erraten muss. Nicht immer zeigt ein Chef sofort, was er denkt, da muss manchmal erst mutig drauflos geredet werden, bis endlich eine Reaktion zu erkennen ist, und dann heißt es notfalls unauffällig Haken schlagen und, als wäre nichts gewesen, einfach das Gegenteil behaupten.

Ist der Chef nicht da und, Gott bewahre, dass solch ein Unglück öfter geschehe, auch dessen Stellvertreter nicht, springt Dirk rührend ein und spricht nun selbst als Chef zu seinen Kollegen, die das allerdings natürlich nicht ernst nehmen, weil warum.

Manchmal schreibt er spät nachts noch eine E-Mail an den Chef, was ihm zu diesem oder jenem Punkt noch aufgefallen sei, er aber vor den anderen nicht habe äußern wollen, aus diesen oder jenen Gründen. Am nächsten Tag ärgert er sich über sich selbst, weil keine Antwort kam. Am übernächsten auch noch, danach vergisst er es.

Es ist aber nicht so, dass Dirk immer nur gut und aufopfernd wäre. Den neuen jungen Kollegen kann er zum Beispiel überhaupt nicht leiden (dieser Ehrgeiz! diese Turnschuhe!), was er ganz schlecht verbergen kann, obwohl er sich vor jedem Meeting wieder ermahnt, fair zu sein.

Schon ein bisschen tragisch, dass der neue junge Kollege dann ganz schnell Karriere macht, erst an Dirk vorbei, dann bei der Konkurrenz, die ihn angeblich für sehr viel Geld abgeworben hat. Aber weiter geht's. Wie jeder Soldat weiß: Hinfallen kann jeder, es geht darum, nicht liegen zu bleiben.

Dirk sähe übrigens mit Pickelhaube nicht verkleidet aus.

# Thomas

»Sie ist eine starke Frau«, sagte Thomas. An seinem anerkennenden Nicken konnte ich erkennen, dass er das als Kompliment meinte.

Thomas war acht Jahre lang mit einer meiner besten Freundinnen zusammen gewesen. Sie wollten ein Kind, dann doch nicht oder jedenfalls noch nicht jetzt, kurz wurde von Hochzeit gesprochen, ein Termin gesucht, über den Ort gestritten, dann war er weg. Hatte ganz alleine für sich die Trennung vollzogen, war der gemeinsamen Zukunft durch den Hinterausgang entflohen, hatte seine Sachen gepackt und sich in eine andere Stadt verdrückt, in ein anderes Leben. Es kam erst etwas später heraus, dass er da schon eine neue Freundin hatte, was ihm praktischerweise auch die leidige Wohnungssuche ersparte, er wechselte einfach von der einen direkt zur nächsten Freundin. Die beiden bekamen dann ziemlich schnell ein Kind.

Das passiert ja öfter, dass eine Frau sehr viel

Liebe und Mühe investiert, einen Mann dazu zu bewegen, all seine herrlichen, über Pubertät und Studium lieb gewonnenen Freiheiten gegen so etwas Lästiges, Altmodisches wie Familie einzutauschen, wogegen er sich nach einer stürmischen Phase der Verliebtheit und Eroberung beharrlich und listenreich wehrt, auch wenn übrigens er es war, der von einem Kind überhaupt angefangen hatte. Und dann geht es auseinander, und völlig egal, welche Frau als Nächstes kommt: Sie erntet. Sofort wird groß Verlobung gefeiert, super-romantisch, und schon sind die Zwillinge da. Und die Verlassene sieht das alles auf Instagram und versteht die Welt nicht mehr.

So eine Geschichte war das mit meiner Freundin und diesem Thomas. Mittlerweile ist sie darüber hinweg, aber nach all den Jahren, in denen er immer wieder rotweinbegleitendes Thema war, erschrak ich, als ich ihm plötzlich unerwartet bei einem Abendessen begegnete.

Obwohl wir uns von anderen unbemerkt aus dem Weg gingen, standen wir irgendwann nebeneinander. Meine Gedanken rasten. Würde er es wagen, nach meiner Freundin zu fragen? Wie könnte ich ihr heute grenzenloses Glück, ihren Erfolg, ihre fantastische Beziehung erwähnen, ohne dass es übertrieben klang? Irgendwann fragte er. Nachdem ich geantwortet hatte, lächelte er versonnen, als erinnere er sich an etwas Schönes. Und dann sagte er es: »Sie ist eine starke Frau.« Und bevor Sie jetzt finden, das sei ein Kompliment – Augenblick. Man sollte sehr wachsam sein, wenn über eine Frau gesagt wird, sie sei stark. Über Männer heißt es das nämlich nie, ausgenommen vielleicht Gewichtheber. Das bedeutet nicht nur, dass derjenige, der es sagt, Frauen allgemein als schwaches Geschlecht wahrnimmt, ausgerechnet diejenigen Menschen also, die zum Beispiel Kinder gebären. Es bedeutet im speziellen Falle eines Mannes, der seine Freundin nach acht Jahren von heute auf morgen brutal verließ, dass er sich damit selbst freischaufelt von allzu schlechtem Gewissen, allzu großer Schuld. Jemand Starkem kann man so etwas ja antun. Eine starke Frau haut ja so schnell nichts um.

Ich wünschte, das wäre mir nicht erst auf dem Nachhauseweg klargeworden. In dem Moment, in dem er es sagte, klang es versehentlich nett. Aber stellen Sie sich mal vor, eine Frau, die ihren Freund böse verlassen hat, würde über ihn sagen: »Er ist ein starker Mann.«

# Milos

»Milos«, fragte ich Milos. »Hast du jemals irgendwo in der Stadt einfach hingepinkelt, also einfach
so, in der Öffentlichkeit?« Das sei wohl schon mal
vorgekommen, sagte Milos. »Warum?«, fragte ich.
Milos überlegte nicht lange. »Weil ich musste«,
sagte er.

Liebe Männer wie Milos, den ich sehr liebe, die
ihr mitten in der Stadt irgendwo hinpinkelt, einfach weil ihr müsst. Ihr glaubt wohl, man sieht
euch nicht, weil ihr der Straße dabei den Rücken
zukehrt. Aber wir sehen euch. Nur weil vor euch
eine Wand oder ein Baum ist, heißt das nicht, dass
ihr von hinten nicht zu sehen seid. Wir riechen
euch sogar. Wir riechen euch sogar noch Tage später, vor allem wenn es warm ist und unter einer
S-Bahn-Brücke geschah.

Übrigens müssen auch wir manchmal, schaf-
fen es aber, jedenfalls innerhalb von Großstädten,
wundersamerweise immer auf irgendeine Toilette.

Beziehungsweise so wundersam ist das gar nicht, wir tun das mithilfe des Schließmuskels. Männer haben den auch, habe ich extra nochmal gegoogelt, um nicht versehentlich Leuten mit Handicap Unrecht zu tun. Aber nein, bei Männern wie Frauen ist er vorhanden, er setzt sich aus verschiedenen Muskelsträngen zusammen, von denen ein »glatter« ringförmig um den Blasenhals verläuft und sich ein weiterer, »quer gestreifter« bei Frauen im unteren Drittel der Harnröhre befindet und beim Mann über deren gesamte Länge erstreckt. Diese zweite Muskelschicht, ich zitiere – erstmals – die Website *urology-guide*, kann bewusst gelockert werden und ermöglicht so das Entleeren der Blase. Ein bewusstes Lockern, Zitat übrigens Ende, setzt natürlich Willen voraus, das Fassen des Entschlusses, seine Blase zu entleeren. Dies geschieht also vorsätzlich, mutwillig, ist eine bewusste Entscheidung.

Warum aber entscheiden sich so viele Männer mitten in der Stadt, wo sie eben gerade gehen und stehen, dafür und Frauen nicht?

Es darf vermutet werden, dass die Antwort dieselbe ist wie in dem bekannten Witz mit dem Hund, wo die Frage ist, warum er sich an den Eiern leckt. (Weil er kann.)

Hier eine extrem unvollständige Liste von Dingen, die Frauen können, aber nicht tun:

- mitten in der Stadt irgendwo hinpinkeln, locker aus der Hocke, eine Einfahrt böte sich an oder ein Blumenbeet
- mitten in der Stadt irgendwo hinmenstruieren
- bei jedem Flug automatisch alle Armlehnen für sich reklamieren
- die deutsche Fußballnationalmannschaft trainieren
- im Heimatministerium arbeiten
- immens wichtige Tausend-Seiten-Romane schreiben und danach überall erzählen, was für einen immens wichtigen Tausend-Seiten-Roman man geschrieben hat
- auf dem Fußgängerweg stehen bleiben, um zuzugucken, wie jemand einparkt
- ewig verträumt in Baustellen starren
- Junggesellenabschied mitfeiern
- Papst werden
- überhaupt richtig Karriere machen in einer Weltreligion.

Womit wohl bewiesen wäre: Man muss nicht alles machen, nur weil man kann. Und genauso wenig muss man zeigen, was man kann, nur weil man muss.

»Milos«, sagte ich, »Milos, hörst du mir überhaupt zu?« Milos so: »Hä?«

# Richard

Wahrscheinlich kenne ich einfach nur die falschen Leute. Wahrscheinlich kennen Sie Hunderte Menschen mit verstecktem Ruhm, ich kenne nur einen: Richard.

Kennengelernt habe ich ihn durch eine gemeinsame Bekannte. Die organisierte mal, dass er mich im Auto mitnahm zu einer Einladung bei ihr. Sie ist Illustratorin und Autorin, wahnsinnig klug, außerdem wunderschön, alles in allem eine ebenso bezaubernde wie einschüchternde Person, weil alles an ihr perfekt wirkt, bis hin zum Freundeskreis, der aus lauter liebevoll zusammengestellten Genies besteht. Wie eben Richard, der ein bekannter Illustrator ist und damals gerade an einem Buch arbeitete, das in der Zwischenzeit erschienen ist und überall fantastische Besprechungen erhielt. Laut Wikipedia ist es das meistgelobte Comic-Buch der letzten Jahrzehnte, eine Graphic Novel über nicht weniger als das Verstreichen von

Zeit. Ein gezeichnetes philosophisches Werk über Vergänglichkeit, das außerdem noch unterhaltsam ist, so etwas Brillantes muss man erst mal hinkriegen. Als wir damals zusammen im Auto zu meiner Bekannten fuhren, war dieses Werk, wie gesagt, noch in Arbeit, und so bescheiden, wie er davon erzählte, hätte ich mir nie vorstellen können, was für ein Meisterwerk es wird.

Ehrlich gesagt fand ich etwas anderes, das er erzählte, viel spannender. Dazu muss man wissen, dass ich in den Achtzigerjahren, nachdem ich zuvor nur Klassik und Beatles gehört hatte, in meinem Kinderzimmer Hip-Hop entdeckte, was damals natürlich noch Rap hieß. Ich versuchte mir Englisch beizubringen, indem ich die Texte mit Hilfe des Wörterbuchs übersetzte: »Bang Bang, der Boogie zu dem Boogie, sag hoch springt der Boogie zu dem Bang Bang Boogie.« Oder: »Klatscht in die Hände, wenn ihr habt, was es braucht. Denn ich bin Kurtis Blow und ich will, dass ihr wisst, dass dies die Bremsen sind.« Oder eben, sehr rätselhaft: »Weiße Linien. Vision Träume der Leidenschaft. Geht durch meinen Sinn. Und die ganze Zeit denke ich an dich. Oberleitung. Eine sehr seltsame Reaktion. An dir, sie abzuwickeln. Je mehr ich sehe, desto mehr tue ich.«

Das Stück hieß »White Lines« und war von Melle Mel, der auf dem einzigen Bild, das ich von ihm kannte, einen Hut aufhatte und eine riesige Sonnenbrille trug. Der Song warnt vor Drogenkonsum, das aber so elektrisierend, dass es schon ein bisschen verwirrend ist, vor allem wenn man elf Jahre alt ist und keine Ahnung hat, um was für weiße Linien es geht. Zu Anfang sagt Melle Mel bedrohlich: »Spaß, Baby«, dann hört man ein Klirren, dann ein Knattern, und dann kommt eine der berühmtesten Basslinien der Popgeschichte, zwei Noten nur, A und C, rhythmisch abwechselnd angeschlagen. Diese Basslinie stammt von Richard, der mal in einer Band namens Liquid Liquid spielte und sie für deren Song »Cavern« erfand. Melle Mel hat diesen Bass einfach geklaut. Das Ganze zog einen Haufen Urheberrechtsklagen nach sich und hinterließ auf beiden Seiten Verlierer. Aber was ist das schon gegen Unsterblichkeit, dachte ich, stolz, diesen Helden zu kennen, der für viele nur ein berühmter Illustrator ist.

# Gianluca

Ein lauer Sommerabend irgendwo im Süden. Auf einer Terrasse sitzen ein paar Leute beim Essen, man ist beim Dessert angelangt. Auf einmal erklingt Musik, irgendetwas zwischen Hip-Hop und Kuba, und einer der Gäste, ein braungebrannter Mann mit kurzem weißen Bart und dicker Hornbrille, springt in einem geschmeidigen Satz auf den Tisch, auf dem er dann konzentriert und selbstbewusst ums Geschirr herum tanzt, als wäre er in einem Musikvideo für Beyoncé. Die anderen Gäste beachten ihn nicht weiter, offenbar macht er so etwas öfter.

Tatsächlich macht er so etwas eigentlich ausschließlich. Er heißt Gianluca Vacchi und ist ein fünfzigjähriger italienischer Millionär, der irgendwann aufgehört hat zu arbeiten beziehungsweise dessen Arbeit heute darin besteht, sein schönes Leben auf Instagram herzuzeigen, wo ihm inzwischen mehr als elf Millionen Menschen folgen.

Er ist aber auch zu herrlich. Eitel wie ein Gockel, aber auf eine so unverstellte, offenherzige Weise, dass es tatsächlich etwas Rührendes hat. Und das ist bemerkenswert, denn was an einem fünfzigjährigen Superreichen, der sich am liebsten in Badehosen präsentiert, damit man auch jeden Muskelstrang seines durchtrainierten, eingeölten, tätowierten Körpers sehen kann, soll bitte schön rührend sein? In Gianluca Vacchis sonderbarem und höchstwahrscheinlich einzigartigem Fall ist es sogar der Diamant-Ohrring, oder was das sein soll, mit dem er seinen affigen kleinen Bart unterm Kinn zusammenschnürt.

Seine schöne Frau, mit der er sich immer wieder neue Paar-Choreografien ausdachte, um sein Publikum bei Laune zu halten (ihre Darbietung zu Shakiras »Chantaje« vor der Kulisse eines Schweizer Chalets in Badekleidung war enorm beliebt), ist leider heute nicht mehr an seiner Seite. Seine nächste Gefährtin, eine ehemalige Miss Kolumbien, die dadurch berühmt wurde, dass sie 2015 fälschlicherweise als Miss Universe ausgerufen und gekrönt wurde, bevor der Irrtum auffiel und ihr die Krone wieder abgenommen wurde (an dieser Stelle brach die Fernsehübertragung ab), war natürlich auch sehr schön, tanzte aber nicht.

Danach kam dann noch eine Schönheit, oder waren es zwei. Derzeit sieht man Gianluca ganz allein durch sein Luxusdasein tanzen, manchmal steht er auch auf einer Yacht oder sitzt im Satinpyjama auf einem pompösen Sofa in Miami. Oder er versucht sich als DJ, offenbar eine Leidenschaft. Und immer hat er gute Laune. Oder jedenfalls will er uns das weismachen, trotz Trennungen und neuerdings angeblich finanzieller Probleme, und er ist dabei so überzeugend, dass er einen sogar die ganze lächerliche Inszenierung vergessen lässt. Schließlich ist immer jemand mit einer Kamera an seiner Seite, und es dauert bestimmt Stunden, bis ein gelungener Schnappschuss entsteht. Aber wir sprechen hier ja nicht von einem Freund, sondern von einem Helden aus der Instagram-Welt, in der, keine Kritik, nur die Oberfläche zählt. Aus sicherer Ferne lässt sich von Gianluca Vacchi jedenfalls nur lernen: wie beglückend es sein kann, sich selbst restlos zu lieben. »Yes it's me!«, steht auf einer Jacke, die er gerne trägt: »Enjoy«.

# Jay

Im Parkcafé trat eine neue Band auf, Engländer, seltsamer Name: Jamiroquay. Ich war mit einer Schulfreundin da. Die Band war sehr gut oder mittel, oder vielleicht war das Konzert auch sehr langweilig, keine Ahnung, ich war nur einmal ganz kurz drin, ansonsten standen wir die ganze Zeit im Eingangsbereich. Mir war sowieso alles egal, weil ich Liebeskummer hatte. Mein erster Exfreund, Ian, arbeitete im Parkcafé, und seine neue Freundin, eine sturzlangweilige Haidhausenerin namens Verena oder Katrin, war an diesem Abend auch da. Schlimmer Abend. Existenziell schlimm. Keine Ahnung, warum ich nicht einfach nach Hause gegangen bin.

Jamiroquay hatte damals zwei Hits, die ständig im Radio liefen. In seinen Musikvideos war sein gleitender Tanzstil zu sehen, ein zierlicher Mann mit pilzartiger Riesenmütze, der sich durch einen Raum bewegen konnte, als gäbe es den Faktor Zeit nicht. Gerade war er noch vorne, im nächsten Moment schon ganz weit hinten, ohne erkennbaren Zwischenschritt.

Vom Vorraum aus war das Konzert nur dumpf zu hören. Irgendwann ging meine Freundin. Ich blieb noch, war ewig auf der Toilette, wo ich weinte. Auf dem Weg zum Auto sprach mich jemand an, hielt einen Zettel hoch, fragte auf Englisch, ob ich wisse, wo das sei: *Hotel Wetterstein* stand darauf. »Ja«, sagte ich. Das Hotel lag direkt auf meinem Nachhauseweg. Ungefähr jetzt dämmerte mir, dass der Mann Jamiroquai war. Er trug keine Mütze, hatte die langen Haare am Hinterkopf unordentlich zusammengesteckt. Ich sagte, ich käme eh dran vorbei und könne ihn mitnehmen.

Kurz darauf saßen wir zu dritt im Auto meiner Mutter, Jay auf dem Beifahrersitz, hinten noch der Keyboarder, und fuhren durchs nächtlich stille München. Mir war nicht nach Reden zumute, schon gar nicht auf Englisch. Was hätte ich auch sagen sollen? Dass ich das Konzert gar nicht gehört hatte? Dass mein Exfreund eine Neue hatte? Dass die leider wahnsinnig gut aussah? Ich hätte gerne Musik angemacht, aber leider war zu dieser Zeit gerade das Autoradio kaputt. Der Keyboarder sagte auch nichts. Dafür machte Jay Kay, der Sänger, liebenswürdig Small Talk. Er fand beruhigende Worte zum fehlenden Kassettendeck, sagte etwas Freundliches über meine geblümte Hippie-Strickweste, mit der ich auszusehen versuchte wie Vanessa Paradis, und erzählte ansonsten von Autos. Vorsichtig fuhr ich die Popstars über die Wittelsbacherbrücke, durch Untergiesing.

Das Hotel Wetterstein, das es heute noch gibt, ist eine merkwürdige Wahl für eine aufstrebende englische Band. Ein dreistöckiges Reihenhaus in einer Wohngegend, zwei Häuser weiter ist ein Seniorenheim. Heute hat das Hotel immerhin U-Bahn-Anschluss, aber damals war die Strecke noch nicht gebaut, die Innenstadt nachts eine Ewigkeit entfernt.

»Here it is«, sagte ich. Jay Kay schnallte sich los. Ob ich noch mit aufs Zimmer kommen wolle, kiffen. Er fragte es höflich, beinahe scheu. »Nein danke«, sagte ich, die ich noch nie in meinem Leben gekifft hatte. »Okay, dann…« Sie verabschiedeten sich und stiegen aus. Als ich etwa hundert Meter weiter in den Rückspiegel sah, stand Jay Kay immer noch mitten auf der laternenbeschienenen Grünwalder Straße und winkte.

# Ödön

Der Schriftsteller und Dramatiker Ödön von Horváth wurde 1901 geboren. Von ihm ist zum Beispiel
das großartige traurige Theaterstück ›Kasimir und
Karoline‹, in dem auf dem Oktoberfest aneinander
vorbei geliebt und gehofft und geschwiegen wird,
aber nicht komödiantisch, sondern von den äuße-
ren Umständen derart beschwert, dass man schon
sagen kann: von ihnen zerquetscht. Horváth selbst
beschrieb es so: »Es ist die Ballade vom arbeitslo-
sen Chauffeur Kasimir und seiner Braut [...], eine
Ballade voll stiller Trauer, gemildert durch Humor,
das heißt durch die alltägliche Erkenntnis: ›Sterben
müssen wir alle!‹«

Sterben müssen wir alle. Die große Frage ist
halt, wann.

Und wie.

Horváth, dessen Muttersprache Ungarisch
war – Ödön ist die ungarische Form von Ed-
mund – und der erst mit vierzehn Jahren so rich-

tig Deutsch lernte, die Sprache, in der er schrieb, hinterließ insgesamt einundzwanzig Dramen, fünf Romane und viele kürzere Prosatexte. Im Nachhinein wirkt es fast, als hätte er sich beeilt. Im Nachhinein lässt sich auf den Fotos, die es von ihm gibt, auch ein melancholischer Zug nicht übersehen. Er lacht so gut wie nie, in seinem Blick liegt eine Mischung aus Wehmut, Resignation und Angst. Aber was weiß man schon, vielleicht ließ er sich einfach nicht gerne fotografieren. Vielleicht sehen wir nur eine Anspannung, die von ihm abfiel, sobald er aufstand und kein Objektiv mehr auf ihn gerichtet war.

Er soll in ständiger Furcht gelebt haben, ihm könne etwas zustoßen, weshalb er Autos und Flugzeuge mied, Fahrstühle auch. Er nahm immer die Treppe, wenn es denn sein musste, auch acht Stockwerke hoch. Aber als Autor war er mutig. Gegen zwei Dinge schreibe er, sagte er, gegen die Dummheit und die Lüge. Und so nahm er es auch mit den Nationalsozialisten auf, die er in ihrer gesamten Scheußlichkeit schilderte, etwa in seiner ›Italienischen Nacht‹, 1931 uraufgeführt, wo sie ständig im Hintergrund stumpf zu Blasmusik hinter deutschen Fahnen hermarschieren. Sie hassten ihn zurück, verbannten später seine Stücke von den Bühnen, verbrannten seine Bücher. Er verließ Deutschland, wohnte hier und da, wollte in die USA gehen, hatte schon eine Bürgschaft für die Reise. Aber zuvor reiste er noch nach Paris, um den Regisseur Robert Siodmak (›Menschen am Sonntag‹) zu treffen, der als deutscher Jude im französischen Exil lebte und vorhatte, Horváths Roman ›Jugend ohne Gott‹ zu verfilmen.

Ende Mai 1938 reist Horváth an. Eine Wahrsagerin hat ihm für diesen Paris-Aufenthalt »das größte Abenteuer seines Lebens« prophezeit. Am Mittwoch, dem 1. Juni besucht Horváth mit Siodmak im Cinéma Champs-Élysées die Nachmittagsvorstellung von Walt Disneys ›Schneewittchen und die sieben Zwerge‹, anschließend sitzen die beiden im Café Marignan zusammen. Es ist schwül, ein Gewitter zieht auf. Gegen neunzehn Uhr bricht Horváth auf, er ist für den Abend mit Freunden in Saint-Germain-des-Prés verabredet. Siodmaks Angebot, ihn im Auto mitzunehmen, lehnt er ab, geht lieber zu Fuß. Es regnet jetzt, Wind kommt auf. Schutz suchend stellt er sich unter einen Baum. Am nächsten Tag steht im ›Figaro‹: »Ein Sturm, der gestern Abend über Paris niederging, verursachte mehrere Unglücksfälle. Auf den Champs-Élysées warf er eine Platane um. Sieben Personen, die unter ihr standen, konnten sich retten, bis auf einen Ungarn, den sie erschlug.« Der Tod ist echt manchmal ein hinterfotziger Schmierenkomödiant.

# Lothar

Eine Freundin hatte die Idee, über eine andere gemeinsame Freundin das Gerücht zu verbreiten, diese sei neuerdings mit Lothar Matthäus zusammen (ich spreche seinen Namen, merke ich gerade, selbst in Gedanken mit fränkisch-weichen Ds statt Ts aus). Ich möchte dazu sagen, dass wir diese Freundin beide sehr gern haben und uns einfach in eine alberne Laune hineingelacht hatten, ganz alleine bei einem Mittagessen, ohne Zuhilfenahme von Alkohol. Lothar Matthäus war einfach der absurdeste Mann, der uns einfiel, mit dem wir egal wen aus unserem Bekanntenkreis paaren könnten (oh nein, jetzt habe ich sogar schon *Beganntengreis* gedacht). Ist das nicht tragisch?

Dabei sagt er so tolle Dinge. Frauen erfahren davon, wenn überhaupt, oft erst mit Verzögerung. Denn Frauen sehen meistens nicht die Sendungen, in denen diese Dinge gesagt werden, jedenfalls nicht die Frauen, die ich kenne, mit einer

Ausnahme, die jedoch bisher noch nie auf die Idee kam, uns anderen von den Jahrhundertsätzen zu berichten, die da offenbar regelmäßig rausgehauen werden, und zwar, wie mir scheinen will, eben meistens von Lothar Matthäus. Doch der ein oder andere Mann lässt im Gespräch hin und wieder mal einen dieser Sprüche fallen. Der letzte, den ich gehört habe, war der beste, ich denke ihn seither oft, manchmal sage ich ihn auch laut, er passt einfach immer und ist sogar noch besser als der ebenfalls schon ziemlich gelungene Spruch meines guten Freundes Til, der dieselbe Aussage hat, nämlich dass man sich die meisten Konjunktivsätze auch einfach schenken kann.

Der Engländer kennt für diesen Umstand den Merksatz, jetzt mal übersetzt: *Wenn Wünsche Pferde wären, würden Bettler reiten.* Das ist nicht nur umständlich, sondern auch altmodisch, denn wäre es für die Bettler nicht angenehmer, Wünsche wären Autos? Es würde an der Aussage nichts ändern.

Der zu Selbstmitleid neigende Deutsche, der sich für Belehrungen immer gerne Zeit nimmt, drückt denselben Inhalt so aus: *Wenn das Wörtchen wenn nicht wär, wär mein Vater Millionär.* Ja, wenn. Wenn. Entgegnet darauf der gemeine Deutsche.

Ganz anders mein Freund Til. Wenn ich ihm mal wieder vorjammere, wie schön es doch wäre, würde Adam Driver nicht mehr in Filmen spielen, zieht er eine Augenbraue hoch und sagt mit seinem ganzen bezaubernden trockenen Hamburger Charme: *Herr Hätte und Frau Würde konnten leider wieder mal nicht kommen.*

Gut, oder?

Aber jetzt Lothar, dessen Kritik des Konjunktivs an Knappheit, Poesie und Vernunft nicht zu übertreffen ist, schätzungsweise international. Achtung: *Wäre, wäre, Fahrradkette.*

Je länger man darüber nachdenkt, desto genialer wird es. Denn diese drei Worte kommentieren das zu kritisierende Problem nicht nur, sie bilden das Problem sogar in sich nach: denn natürlich wäre (!) auch dieser Spruch besser, wäre er gereimt. Lothars Merksatz ist ganz große Philosophie.

Ich nenne ihn übrigens beim Vornamen, weil er ja beinahe mit einer meiner Freundinnen zusammengekommen wäre. Hätte er sie je getroffen. Wäre sie willens gewesen. Und er nicht Lothar Matthäus.

# Bill

Im Zuge der PR-Tour für seinen ersten Roman mit dem Titel ›The President Is Missing‹, den er zusammen mit einem Krimiautor schrieb, gab Bill Clinton Interviews. Bei dieser Gelegenheit wurde er auch nach der #Metoo-Bewegung gefragt. Er möge sie, meinte er, habe sie für längst überfällig gehalten, auch wenn er nicht mit allem daran einverstanden sei. Der Moderator fragte ihn nach Monica Lewinsky. Einfache Frage: Ob er sich je bei ihr entschuldigt habe. Clinton wich einer Antwort aus, indem er unter allerhand seltsamem Grimassieren auf irgendetwas anderes antwortete und dem Moderator dann vorwarf, Fakten zu unterschlagen, schlimmer, vermutlich nicht einmal zu kennen (grins, komisch anstarr, vorbeug, plötzlich ernst guck, wieder zurücklehn, Zähne bleck). (Kurze Unterbrechung für einen generellen Appell an Zahnärzte: Bitte, Sie müssen damit aufhören, Leuten die Zähne zu stark zu bleachen, Zähne sind niemals richtig weiß. Übernatürlich weiße Zähne sehen nicht gepflegt und schön aus, sie sehen übernatürlich weiß aus und damit vollkommen bescheuert. Der Ausdruck »weiße Zähne« ist genauso irreführend wie, jetzt mal aus Verdauungssicht gesprochen, »leichter Salat«. Klar, niemand würde für »gelbe Zähne« massig Geld ausgeben, aber Sie müssen zurückfinden zu mehr Berufsethos, ernsthaft, so geht das nicht.)

Zurück ins Fernsehstudio, in dem Bill Clinton in der Zwischenzeit den Moderator mit ausgestrecktem Zeigefinger zurechtgewiesen und sich für vieles selbst gelobt hat. Irgendwann hat der Moderator Gelegenheit, seine Frage zu wiederholen. Ob Bill Clinton sich je bei Monica Lewinsky entschuldigt habe. Ja, habe er. Habe er? Ja, habe er, er habe sich bei allen Menschen der ganzen Welt entschuldigt. Aber bei ihr? »Ich habe nicht mit ihr gesprochen.« Ob er finde, er schulde ihr eine Entschuldigung? »Nein. Ich habe nie mehr mit ihr gesprochen.« Dazu ein unerklärlich selbstzufriedenes Lächeln, als sei er auf diese Antwort wahnsinnig stolz.

Zur Erinnerung: Monica Lewinsky war zweiundzwanzig Jahre alt und Praktikantin, als ihr Chef, der mächtigste Mann der Welt, eine Affäre mit ihr hatte, aus heutiger Sicht ein klassischer Fall von #Metoo. Doch während Clinton die Angelegenheit als Präsident und Ehemann überstand, war und ist Lewinsky seit nunmehr zwanzig Jahren Zielscheibe von sexistischem Spott. Die großen Late-Night-Shows lebten jahrelang von Witzen über sie, ihre vermeintlichen Sexualpraktiken, ihr Aussehen. Das ›Wall Street Journal‹ bezeichnete sie als »kleines Flittchen« *(little tart)*. Selbst Beyoncé sang noch 2014 in ihrem Song »Partition«: »He Monica Lewinsky'd all on my gown« *(Er Monica-Lewinskyte auf mein Kleid)*. (Monica Lewinsky, die sich heute beruflich gegen Internet-Mobbing einsetzt und glücklicherweise einen großartigen Humor hat, twitterte daraufhin, Beyoncé irre, es müsse natürlich heißen: »Er Bill-Clintonte.«)

Und heute erfahren wir, dass der Mann, der für all dies die volle Verantwortung trägt, nie wieder ein einziges Wort an sie richtete. Sie ohne Entschuldigung, wenigstens eine Entschuldigung, ihrem Schicksal überließ. Und dass er sein Verhalten selbst heute, wo man einigermaßen sensibilisiert sein sollte für alles, was mit Machtmissbrauch zu tun hat, zumal in Verbindung mit Sex, irgendwie witzig und okay findet. In aller Öffentlichkeit. Wie unglaublich dreist und dumm.

# Leonard

Huch, dachte sie, ich hab ja noch gar nicht über einen Dirigenten geschrieben. Dabei dirigieren Männer doch so gerne. Natürlich gibt es auf der Welt auch viele hervorragende Dirigentinnen, aber so richtig und gänzlich durchgesetzt hat sich dieser Beruf noch nicht für Frauen, jedenfalls ist mir keine namentlich bekannt. Mein Fehler, ich weiß, weshalb ich der Gerechtigkeit halber nur hoffen kann, dass mich dem Namen nach auch keine Dirigentin kennt.

Aber, wo wir gerade über die klassische Musikwelt reden, vielleicht kann ich an dieser Stelle kurz meine Überlegungen zum Thema Kleiderordnung für Orchestermusiker darlegen, genauer gesagt: für Orchestermusikerinnen. Ich unterbreite sie seit Jahren bei jedem Konzertbesuch meiner jeweiligen Begleitperson, einmal war das immerhin der damals frisch designierte Intendant der Berliner Philharmoniker. Er war anfangs nicht ganz desinteressiert, schien zuletzt restlos überzeugt, sogar Feuer und Flamme, was angesichts meiner Argumente, wie Sie gleich selbst merken werden, nicht weiter überrascht, aber was ist seither passiert? Nichts.

Dabei ist es so einleuchtend.

Meiner Meinung nach brauchen Frauen im Orchester, genau wie die Männer, eine strengere Kleiderordnung. Heutzutage, wo wir immerhin so weit sind, dass auch Frauen in Orchestern mitspielen dürfen, gilt die Regel, dass Männer Frack zu tragen haben. Und Frauen irgendwas Schwarzes, Hauptsache nicht schulterfrei oder zu kurz. Aber ob Hose, Rock oder Kleid, Seide, Samt oder Viskose, das alles bleibt der jeweiligen Frau überlassen, was man natürlich begrüßen kann, Stichwort Freiheit, aber nicht sollte, wenn man für Gleichberechtigung ist. So sieht es nämlich aus, als wären alle Musikerinnen nur Aushilfen. Aushilfen, die nur zu Gast sind, bescheiden, nicht wirklich Teil des Orchesters, nicht richtig jedenfalls. Nett sieht das aus, nett, dass die mitspielen dürfen.

Aber.

Sie bräuchten etwas ähnlich Kleidsames wie einen Frack, warum nicht auch einen Frack, meinetwegen mit Rock statt mit Hose, wobei – warum eigentlich? Ein Frack sieht auch an den Männern derart aus der Zeit gefallen und pinguinartig aus, dabei jedoch extrem schick und besonders, es ist mir gar nicht möglich, mir eine Frau vorzustellen, der ein Frack nicht genauso gut stünde. So würden sie mit den Männern, die optisch eine Einheit bilden, die derzeit von den Frauen unterbrochen wird, eine einzige breitere optische Einheit bilden, also endlich zum schönen Gesamtbild und damit auch irgendwie *richtig* zum Orchester mit dazugehören.

Nun zum Dirigenten. Mein Vater hat mich mal nach einem Konzert mit ins Künstlerzimmer des Münchner Herkulessaals mitgenommen und Leonard Bernstein vorgestellt, der damals gerade das Symphonieorchester des Bayerischen Rundfunks dirigierte, in dem mein Vater Soloflötist war. Da war ich vielleicht zehn Jahre alt und ganz schüchtern, und das Einzige, was ich noch weiß, ist, dass er meinte, ich sei ja eine Lolita, und dass mein Vater mir das Wort erklären musste und meine Mutter das anschließend, als wir es ihr auf dem Innenhof der Residenz, auf dem man damals noch parken durfte, stolz erzählten, überhaupt nicht lustig fand.

# Frédéric

Hätte man vor ein paar Jahren von einer Buchvorstellung von Frédéric Beigbeder gehört, die um 8 Uhr 30 morgens stattfindet, hätte man annehmen müssen, er käme direkt vom Ausgehen dorthin. Der französische Schriftsteller war mitunter bekannter für seinen Rock 'n' Roll-Lifestyle als für seine Bücher, den Rock 'n' Roll-Lifestyle eines erfolgsverwöhnten Pariser Ex-Werbers wohlgemerkt, der einmal verhaftet wurde, weil er vor einem Pariser Nachtklub Kokain von der Motorhaube eines Autos schnupfte, was er sogleich literarisch verarbeitete.

Doch inzwischen ist Beigbeder über fünfzig Jahre alt und mehrfacher Vater. Er ist mit seiner Familie ans Meer gezogen, an die baskische Küste, wo er sich nun von seinem bisherigen gehetzten Leben eines Großstadtmannes mit einer Schwäche für Models und Mojitos erholt. Er wirkt frisch und aufgeräumt, als er an einem grauen Pariser

Morgen die Bühne der Salle Pleyel betritt und das Publikum, das ihm ohnehin wohlgesonnen sein muss (die einstündige Matinée kostet fünfunddreißig Euro), mit einem launig ins Mikrofon gehauchten *Bon soir* auf der Stelle verzaubert.

Es geht um seinen Roman ›Une vie sans fin‹, ›Endlos leben‹. Die Hauptfigur heißt genauso wie der Autor – und beide treibt dieselbe große Frage um: Wie wird man unsterblich?

Der Beigbeder im Buch, den der Schriftsteller Beigbeder recherchierend begleitet hat, versucht es mit den neuesten Erkenntnissen der Wissenschaft: Er lässt seine DNA untersuchen, checkt in Gesundheitskliniken ein, wird von internationalen Experten in die aktuellen Möglichkeiten der Genmanipulation eingeweiht. Die Moral von der Geschichte ist dann allerdings sehr französisch: Genau zwei Wege gebe es, Unsterblichkeit zu erlangen, nämlich die Literatur und die Liebe.

Beigbeder hat immer noch die Haarpracht eines jungen Mannes, oft streichelt er sie liebevoll zurück. Sein Bart ist grau. Die Selbstsicherheit, die er ausstrahlt, wirkt so früh am Morgen beruhigend: Dieser Mann, das ist ganz klar, könnte auch ohne die Fragen, die ihm bei dieser Veranstaltung ein Journalist mit rätselhaftem Dauergrinsen stellt, ausführlich antworten, er hat stets ein passendes Zitat parat, weiß Pointen zu setzen, wobei der Witz immer auf seine Kosten geht. Er wirkt dadurch sehr sympathisch, nicht vollends bescheiden, aber eben auch nicht angeberisch. Während er spricht, macht seine linke Hand sanfte, beschwichtigende Bewegungen, als dirigierte sie Streicher durch ein Largo.

Gehe man von der durchschnittlichen Lebenserwartung aus, sagt Beigbeder, blieben ihm noch siebenundzwanzig Jahre. Und man wisse ja, siebenundzwanzig Jahre, das sei so kurz wie fünf Minuten. Er hält nichts von der Theorie, dass erst das Wissen um den Tod das Leben so anziehend macht, *carpe diem* und so. Seine Sterblichkeit empfindet er als Beleidigung, als Skandal.

Nach drei Jahren Recherche, was sind seine Tipps für ein langes Leben?

Kein Facebook, stattdessen möglichst viele echte Sozialkontakte.

Mit dem gesunden Lebensstil auch nicht übertreiben.

Nicht sterben.

# Nihad

Mein erstes Basketballturnier. Eine Bekannte hatte
Karten für Alba Berlin. Mehr wusste ich nicht.
Ich war auch noch nie in der Mercedes-Benz-
Arena gewesen, weshalb ich nicht gleich den Eingang fand. Ehrlich gesagt hatte ich überhaupt
nicht gewusst, wo die liegt, weshalb ich viel zu
spät den Eingang nicht fand. Irgendwann war ich
drin. Innen alles gelb und ernst. Die Halle komplett voll mit Erwachsenen in gelben T-Shirts,
die stumm geradeaus sahen. Ich quetschte mich
an Beinen vorbei, begrüßte leise meine Bekannte,
setzte mich, wunderte mich, zog hervor, worauf
ich mich gesetzt hatte: ein gelbes T-Shirt und ein
Heft aus fast plastikhaft festem Papier. Die nächste
Viertelstunde ging damit drauf, dass ich versuchte,
es den Umsitzenden gleichzutun und mir ebenfalls
aus dem Heft einen Fächer zu falten, mit dem ich
dann ebenfalls laute Geräusche hätte machen können, indem ich ihn auf meine Hand niederpras-

seln ließ. So machten es alle, ein schönes, ein lautes Geräusch, allein, ich bekam das Material nicht zum Fächer gefaltet. Egal, es gab so viel anderes zu tun, zu sehen, zu verstehen. Jetzt mal nach vorne geguckt, aufs Spielfeld. Aber da passierte gerade nichts. Da standen gerade alle herum. Ein paar Spieler unterhielten sich. Dann passierte doch was, aber es ging so wahnsinnig schnell, dass ich müde wurde beim Zusehen, genau dieselbe Müdigkeit, die einen befällt, wenn man in, sagen wir, Rom zum Essen eingeladen ist und bei Tisch alle Italienisch sprechen, vorausgesetzt man spricht kein Italienisch. Laute Musik riss mich aus meinen Gedanken. War es Drake, war es Justin Timberlake oder Rihanna, jedenfalls war ich auf einmal hellwach und bereit, mich zu konzentrieren. Gegen wen spielte Alba eigentlich? Ich fragte nach. Ich hatte gar nicht gewusst, dass der FC Bayern auch eine Basketballmannschaft hat. Also Alba waren die Gelben? Meine Bekannte antwortete nicht. Auf mich alleine gestellt, versuchte ich mir einen Reim auf alles zu machen. Mehrere Reime. Auf Anzeigetafeln wurden Zahlen niedriger. Schon hatte ich es: Das waren heruntergezählte Sekunden. Andere Zahlen mochten Punkte für Korbwürfe sein. Es herrschte abwechselnd Hektik und dann wieder

Ruhe. Diese ewigen Unterbrechungen fingen an, mir auf die Nerven zu gehen, nie lief das Spiel, aber es schien sich sonst niemand daran zu stören, gehört wohl so. Ein paarmal wurde das Saallicht dunkler und Mädchen in Hotpants machten sexy Dance unter einem großen Mercedes-Stern, kurz war es fast wieder wie damals, vor #MeToo. Ein riesiger gelber Ballon schwebte durch die Halle, lenkte mich ab. Und schon rannten die Männer auf dem Spielfeld wieder nach links. Pause. Nach rechts. Pause. Einer gefiel mir am besten. Sein Name auf dem Trikot ließ sich schwer lesen, weil er ständig in Bewegung war: Djedović. Er war sehr groß, größer als die meisten anderen sehr großen Spieler, sah aber nicht groß aus, weil er so wendig und irgendwie in seinem Körper zuhause war. Sein Bärtchen hatte was vom tapferen Schneiderlein. Ich sah nur noch ihm zu, und wo er war, war ohnehin meistens der Ball. Als die Bayern gewannen, freute ich mich, das gelbe Alba-Shirt auf den Knien, heimlich mit ihm. Ich glaube nicht, dass mich meine Bekannte noch einmal zum Basketball mitnimmt.

# Sven

Sven fliegt beruflich viel. Aus diesem Grund darf er in die Vielflieger-Lounges in den nicht öffentlichen Bereichen der Flughäfen. Dieser Umstand macht sein ansonsten durchschnittliches Leben, eines, wie es viele haben, für ihn selbst zu einem ganz besonderen. Er bekommt immer noch jedes Mal Gänsehaut, wenn er seinen eigenen Namen in Gold in eine Vielfliegerkarte eingestanzt sieht. Städte beurteilt er nach ihren Flughäfen. München: gut; Paris: schlimm; New York: Vollkatastrophe; Doha: herrlich; Singapur: nicht zu toppen. Er hat ein silberfarbenes Rollköfferchen, dem man nicht ansieht, wie teuer es war. Das zieht er mit ernstem Gesichtsausdruck auf internationalen Flughäfen hinter sich her, immer schnellen Schrittes, damit jeder sieht, dieser Mann kennt sich hier aus, der muss nicht erst suchend herumgucken, der war schon mal hier: ein Vielflieger.

Was er wirklich hasst, ist, am Check-in hinter

Menschen mit Kindern zu stehen, dauert ewig, auch alte Menschen sind schlecht. Und so sieht man ihn meistens hinter anderen Männern mit identischen Köfferchen in Schlangen stehen, wenn er denn wirklich mal das Horrorpech hat, Schlange stehen zu müssen, denn eigentlich – Moment, wo hab ich sie denn, Sekunde, geht gleich los, hoppla, British Airways wollte ich jetzt gar nicht, jetzt aber, danke – darf er überall gleich durch.

Ständig hat er neue Schauergeschichten von seinen Reisen zu erzählen, hier jeweils der Schluss:

– kam der Bus erst mal nicht.

– standen wir noch zwanzig Minuten auf dem Rollfeld.

– musste ich mein Handgepäck aufgeben.

Aber trotz aller Strapazen und Schikanen liebt er das Vielfliegen doch.

Vor allem eben den Aufenthalt in den VIP-Lounges. Ja, da fühlt er sich wohl, da ist er zuhaus. Er bestellt immer das gleiche: Gin Tonic. Mit Hendrick's Gin, wie er fachmännisch dazusagt, obwohl er Gemüse im Alkohol eigentlich nicht mag. Misstrauisch trinkt er um die Gurkenscheibe herum. Aber Hendrick's, glaubt er halt, trinken Männer von Welt. Dazu Wasabinüsschen geknabbert, *what a life*. Und wo es hier in der kühlen Lounge so penetrant nach Essen riecht (ist es Rührei?, ist es Speck?), dauert es nicht lang, bis Sven sich auch etwas zu essen bestellt. »A Clubsandwich please«, zwinkert er der bildschönen Kellnerin zu. Hunger hat er zwar nicht, aber ist ja umsonst. Ach schau an, am Nebentischchen haben sie Pommes. Er winkt die Kellnerin noch mal zu sich und bestellt Pommes nach, »oh, and another Hendrick's Tonic«. Wo man doch hier so bequem sitzt. Und fast nur Männer. Auch mal wieder schön. Und alle in Anzügen. So vornehm. Toll. Und telefoniert werden darf hier gar nicht, unglaublich, diese Etikette. Und Teppichboden! Und ganz leise beruhigende Klaviermusik, ist das nicht sogar Mozart, Wahnsinn, alles umsonst.

Fast hätte unser Sven über all dem Staunen und Genießen die Zeit vergessen. Und dann muss er plötzlich rennen. Um ein Haar den Anschlussflug verpasst. Als einer der Letzten im stickigen Ziehharmonikaschlauch zum Flugzeug, wann würden die Trottel endlich kapieren, wie man zügig boardet? Ihm ist jetzt ein bisschen schlecht. Als er aufstößt, riecht es um ihn herum nach Speck. In Reihe 1 schläft er sofort ein.

# Daniel

Daniel Day-Lewis hat verkündet, dass ›Phantom Thread‹ sein letzter Film gewesen ist. Um ganz ehrlich zu sein, bin ich darüber sehr erleichtert. Ich hatte nie ein gutes Gefühl dabei, ihm bei seiner Arbeit zuzusehen, weil er sich gar so abrackerte jedes Mal. Jeder Film eine neue Tour de Force. Diesmal hat er sich einem englischen Couturier der Fünfzigerjahre anverwandelt, und ich benutze extra das altertümliche Wort *anverwandeln*, weil es mir frevelhaft erschiene und seiner Methode nicht angemessen, würde ich behaupten, dass er jemanden spielt. Daniel Day-Lewis spielt nicht, er wird zu. Das hat indirekt sogar Vicky Krieps bestätigt, die in Berlin lebende Schauspielerin, die in ›Phantom Thread‹ die weibliche Hauptrolle spielt und über die es heißt, sie habe neben Daniel Day-Lewis »bestehen« können. Ehrlich gesagt wirkte sie sogar ganz normal und lebendig neben ihm, fast so als spiele sie gar nicht, während er, auch wenn er das nicht gerne hören würde, allerdings bestimmt auch nie zu hören bekommt, sehr angestrengt jemand anderes ist. Vicky Krieps also wurde in einem Interview gefragt, wie er denn so gewesen sei, dieser Daniel Day-Lewis? Das wisse sie nicht, sagte sie, denn sie habe während der Dreharbeiten immer nur mit Reynolds Woodcock zu tun gehabt, so heißt Daniel Day-Lewis im Film, er sei immer in seiner Rolle geblieben.

Was für ein Horror. Ich meine, stellen Sie sich das mal vor. Erwachsene, die zusammen einen Film machen, und einer nimmt das alles irgendwie viel zu ernst. Es ist ja nicht mal ein Monster, das er laut Drehbuch zu spielen hatte, oder jemand mit einem weltweit ausgestorbenen Dialekt, den man, lässt man ihn einmal los, nie wieder genau so hinzukriegen befürchtet, sondern einfach ein komplizierter, neurotischer Typ. Verglichen mit anderen Rollen, in denen wir Daniel Day-Lewis schon sahen, lässt sich festhalten, dass er sich für seinen Couturier ausgedacht hat, dass dieser sehr zurückgenommen spricht, wie jemand, der sich immer zügelt, weil es, so darf vermutet werden, in ihm brodelt und tobt. Und er hat abgenommen für die Rolle, was wohl Selbstkontrolle zeigen soll. Und wenn er wütend ist, öffnet er den Mund ganz leicht, so dass man seine untere Zahnreihe sieht. Okay. Keine Ahnung, wie lange die Dreharbeiten dauerten, aber dafür einer Kollegin nie als man selbst Guten Tag sagen?

Der ganze Film, in dem es im Kern um Halluzinogene geht, scheint um Daniel Day-Lewis' hohe Anverwandlungskunst herum gebastelt worden zu sein, denn die macht weitgehend die Handlung aus. Immerhin kommt, neben einem fragwürdigen Original-Soundtrack, der überirdisch schöne zweite Satz aus Schuberts Klaviertrio No. 2 zur Geltung, wie ja oft klassische Musik So-lala-Filmen eine unglaubliche Tiefe zu verleihen scheint.

Also naja, naja, naja.

Ich muss allerdings dazusagen, dass ich vor etlichen Jahren öfter an Daniel Day-Lewis denken musste. Damals wurde ich an meinem linken Fuß operiert, und das Thema wird er wohl für alle Zeiten bei mir besetzen. Vielleicht war er in jenem Film (›Mein linker Fuß‹, 1989) einfach so überzeugend, dass ich ihm danach keine andere Rolle mehr abnehmen konnte. Vielleicht liegt es an mir, bin ich diejenige von uns beiden, die etwas zu intensiv in die Sache reingegangen ist. Vielleicht war er einfach nur zu gut.

# Peter

Peter war von Januar bis April 1987 meine große Liebe. Und nicht nur meine, sondern auch die meiner Schulfreundin Kathrin, die mit mir in die 9 b ging. Wir hatten irgendwann zusammen beschlossen, »in Peter« zu sein. Jeden Morgen wanderten während des Unterrichts Zettelchen zwischen uns hin und her, in denen wir uns über den aktuellen Stand unserer Hysterie auf dem Laufenden hielten und uns gleichzeitig vergewisserten, dass die andere noch mit von der Partie war, ständig in Sorge, sie könne über Nacht abgesprungen sein. Denn irgendwie lebte die ganze Sache davon, ein Gemeinschaftsprojekt zu sein. Wir waren zusammen in Peter, fanden ihn beide total süß, nutzten die große Pause, ihn zu beobachten, konnten unser Glück kaum fassen, wenn er mal versehentlich in unsere Richtung sah, und wechselten beide gleichermaßen mit ihm nie ein einziges Wort.

Er war eine Klasse über uns, damit unerreichbar, ziemlich groß, also bestimmt über einen Meter fünfundsechzig, dunkle Haare, schlurfiger Gang, niedliches Jungsgesicht.

Damals waren gerade Daunenwesten in Mode, jedenfalls bei Teenagern, also trugen wir, die wir für Peter natürlich gut aussehen wollten, welche, ich in Hellgelb, Kathrin in Rosa. Nun war der Januar 1987 dummerweise einer der kältesten, die jemals in München gemessen wurden. S-Bahnen fuhren nicht, Bustüren waren zugeeist, nicht selten waren es minus zwanzig Grad. Und wir: stoisch, tapfer, mit rot gefrorenen Nasen in unseren Westen. Mit fingerlosen Achtzigerjahre-Handschuhen. Natürlich ohne Mütze. Man kann sagen, dass wir bereit waren, für Peter, der uns nicht kannte, unser Leben zu geben. Jeden Morgen fochten wir erbitterte Kämpfe gegen unsere Mütter aus, Kathrin in Obermenzing, ich in Harlaching, die uns so leicht angezogen aus gutem Grund nicht vor die Tür lassen wollten. Zum Glück haben alle überlebt.

Irgendwann bekam Kathrin heraus, wo Peter wohnte. Was bedeutet, sie sah einfach im Telefonbuch nach. Einmal fuhren wir vor der Schule dorthin. Eine ganz normale Straße in einer um sechs Uhr morgens noch sehr ruhigen Wohngegend. Wir postierten uns in unseren lustigen Daunenwesten hinter einem geparkten Auto, um unserer großen Liebe dabei zuzusehen, wie sie morgens das Haus verließ. Warum? Das kann ich heute nicht mehr sagen. Zu viel ›Fünf Freunde‹ geguckt? Zu wenig Hobbys? Hormonelle Verwirrung? Er kam dann aber gar nicht raus. Entweder war es doch die falsche Adresse oder bei ihm fiel die erste Stunde aus. Jedenfalls mussten wir irgendwann unseren Beobachtungsposten verlassen, um selbst rechtzeitig im Unterricht zu sein. Ich weiß noch, dass wir auf der Fahrt in der für uns beide ungewohnten S-Bahn sehr still waren.

Schließlich war ich die Spielverderberin. »Ich bin jetzt nicht mehr in Peter«, stand auf dem Zettel, mit dem ich Kathrin nach den Osterferien in der Schule überraschte, mit schlechtem Gewissen, aber auch erleichtert, als Erste abgesprungen und somit nicht die Verlassene zu sein, »ich bin jetzt in Jojo.« Da machte Kathrin dann aber nicht mit, und so hielt diese Liebe dann auch nur bis zur großen Pause.

# Kai

Vor ein paar Jahren geisterte eine Kleinanzeige durchs Internet, die ursprünglich in einer australischen Tageszeitung abgedruckt war, und zwar in der Rubrik »Geburten«. Sie lautete: »Ein Widerruf: Im Jahr 1995 haben wir die Geburt unseres Sprösslings Elizabeth Anne als Tochter vermeldet. Er informiert uns, dass wir uns geirrt haben. Oops! Unser Fehler. Wir möchten unseren wunderbaren Sohn vorstellen – Kai Bogert. Dich zu lieben ist die leichteste Sache der Welt. Räum dein Zimmer auf.«

Auf dem begleitenden Foto war ein junger Mensch zu sehen, der ein bisschen skeptisch, aber doch hauptsächlich voll Zuversicht in die Kamera sah. Er hatte sich fein gemacht, schwarzer Anzug, schwarzes Hemd, Krawatte, die kurzen Haare trug er weißblond gefärbt nach vorne und oben gekämmt, alles ein bisschen unbeholfen, aber wahnsinnig süß.

Nachdem die Anzeige im Internet zehntausendfach geteilt worden war, also, wie man so sagt, viral ging, trat Kai zusammen mit seiner Mutter im australischen Fernsehen auf. Wie der Moment gewesen sei, in dem er seiner Mutter eröffnet habe, wie er sich fühle, fragt die vor Empathie bebende Moderatorin. Kai überlegt und sagt dann trocken: »Extrem langweilig. Anders kann ich es nicht beschreiben.« Die Moderatorin gibt sich damit nicht zufrieden, hakt nach. Aber wie war es denn nun, wie? Ja nun, er sei in ihr Zimmer gegangen und habe gesagt: »Mom, in Wahrheit hast du keine Tochter. Darauf sie: ›Ah, bist du trans?‹ Ich: ›Ja.‹ Sie: ›Ah, cool.‹ Stand auf, umarmte mich, setzte sich wieder hin und spielte weiter Warcraft.«

Während er spricht, sieht seine Mutter ihn freundlich von der Seite an. Sie trägt ein lila gemustertes Kleid und einen Hauch Perlmuttschimmer auf den Augenlidern. Auch an ihr prallen die Emotionsattacken der Moderatorin ab. Naja, so besonders weltbewegend sei dieser Moment für sie jetzt nicht gewesen. Für ihn vermutlich mehr. Ja, das öffentliche Interesse sei schon verrückt. Nee, verstehe sie nicht ganz, was sei denn schon dabei.

Man fühlt sich an den Loriot-Sketch erinnert, in dem ein aufgeregter Moderator einen Mann in der

Annahme interviewt, dieser sei als Astronaut im All gewesen. Es liegt eine Verwechslung vor, wie sich schnell klärt, doch das Interview wird mit den vorbereiteten, völlig ins Leere zielenden Fragen weitergeführt: »Was war bisher die äußerste Entfernung von der Erdoberfläche, in der Sie gearbeitet haben?« – »Wir arbeiten jetzt im dritten Obergeschoss.« – »Aha. Haben Sie jemals befürchtet, einmal von dort oben nicht mehr zurückzukehren?« – »Nein.«

Die Mutter hat später ein Buch geschrieben, vermutlich von Agenten bekniet, ihre berühmte Kleinanzeige schnell zu Geld zu machen. ›Wie ich meinen Sohn traf‹ heißt es, im Internet findet sich folgendes Zitat: »Der Himmel fiel nicht runter, und unsere Familie brach nicht auseinander. Wir haben einfach nur andere Fürwörter benutzt. Oh, und ich musste den Namen ändern, unter dem ich seine Nummer in meinem Telefon abgespeichert hatte. Das war schon ein bisschen mühsam.«

»Herzerwärmende Unterstützung – Mutter umarmt Transgender-Sohn« war während des Fernsehbeitrags unten im Bild eingeblendet. Eigentlich pervers. Eine Mutter liebt ihr Kind. In einer besseren Welt wäre das Gegenteil die Nachricht.

# Denis

Er hat rötliche Haare und einen kurzen Bart. In seinem Taxi herrscht Sauberkeitsstufe 1. Nirgends ein Staubkörnchen, die Fenster glasklar, es riecht weder nach Leder noch nach Raucher-Fahrgästen oder nach Wunderbäumchen, noch nach sonst irgendetwas. Angenehm, genau wie die Temperatur, die an diesem heißen Tag perfekt heruntergeregelt ist, kühl, aber keine Erkältungsgefahr.

Wie kamen wir eigentlich ins Gespräch? Es war nicht wirklich ein Gespräch, eher ein Monolog, dessen Publikum bis zum Flughafen Tegel ich war, gebannt bis zur letzten Bremsung. Hier Auszüge:

Taxifahren sei anstrengend, so fing es an. Aber, ging es weiter, jeder Berliner Taxifahrer verdiene gut. Solle einem keiner was anderes erzählen, es sei genug für alle da. Allein Trinkgeld, er käme auf fünfhundert, sechshundert Euro im Monat, könne sich keiner beschweren.

Aber es gäbe so viele Arschlöcher unter den

Taxifahrern. Da raste er aus. Am schlimmsten seien die, sehe er sofort, sofort, für die jeder andere ein Konkurrent sei, dem die eins auswischen wollten. Die würden einen vorher schon im Rückspiegel spotten, richtig anstarren, und dann, Ampel rot, Ampel grün, immer in genau demselben Tempo fahren wie man selbst, damit man nicht an denen vorbeikomme. Wenn er das mitkriege, also, dann ziehe er die raus, da kenne er nichts, da setze es Prügel. Weil, das gehe gar nicht. Sei auch gefährlich. Da gäbe es keine andere Antwort drauf als Prügel. Und das sei auch das Einzige, das die verstehen. Sei so. Sei ihm jetzt im Taximilieu noch nicht passiert, aber ...

Am Flughafen zum Beispiel müsse man gewitzt sein. Man könne die Schlange schon umgehen, aber müsse halt vorsichtig sein, weil, sonst zögen die einen raus, und dann gäbe es Prügel. Da würden die echt höllisch aufpassen. Aber es gäbe einen, voll ekliger Typ, versiffte lange Haare, der fahre seit zwei Jahren gezielt Tegel an, immer Zone 13, 14, also gleich vor der Ausfahrt, und da ziehe der Fahrgäste ab. Also stehle sie. Bei dem sage keiner was, warum, wisse er auch nicht, aber sei so.

An der Friedrichstraße hätten sich mal zwei blutig geschlagen. Ein Fahrgast habe einem Taxi gewunken, der Fahrer habe den aber zu spät gesehen, da habe schon ein anderer gehalten. Da sei der Erste aber zurück. Zum Zweiten hin, Tür aufgerissen, »Das war mein Fahrgast« gebrüllt, und dann gleich auf den drauf. Der war sauer. Und dann hätten sich alle Fahrer verhalten müssen, was dazu sagen... Schlimm. Ah, guck an, ein Uber. Der schwarze da, erkenne man am LN-Kennzeichen, Brandenburg. Habe sich nicht durchgesetzt in Berlin, Uber. In der Türkei hätten die auf Uber-Wagen geschossen. Taxifahrer. Da habe ja jeder zweite 'ne Waffe dabei. »Ham die einfach auf die geschossen...«

Aber tausendmal besser als ein Bürojob. Nee, ernsthaft, er sei tausendmal lieber im Freien unterwegs und fahre in der Stadt rum, sehe was, kriege was mit von der Welt, als den ganzen Tag so... Wand.

Wir sind inzwischen durch die Tempo-10-Zone in Tegel zum Gate gerast und da. Ob's in den Urlaub gehe? Er dreht sich um. In ein paar Tagen habe er's auch geschafft, dann gehe es in den Urlaub. Er sieht wahnsinnig nett aus, Anfang dreißig vielleicht. Als er lacht, ist eine hinreißende Zahnlücke zu sehen.

# Boris

Der erste Mann, der mich je anlog, hieß Boris. Ein Freund meiner Eltern. Sein Nachname war Schneider. Meine Katze hieß Sissi. Reicht das als Hinweis darauf, wer meine Lieblingsschauspielerin war? Hätte ich geahnt, dass das Objekt meines kindlichen Schwärmens mit Sissi längst nichts mehr zu tun haben wollte, hätte ich die Katze natürlich anders genannt. Aber als Informationsquelle über die unbekannte Welt des Showbusiness diente mir einzig das ›Hörzu‹-Abo unserer älteren Nachbarin, und für ›Hörzu‹-Leserinnen war, ist und bleibt Romy Schneider wohl für alle Zeiten Sissi.

Also. Die Lüge war, dass Boris, der mitbekam, wie sehr ich Romy Schneider verehrte, behauptete, er sei mit ihr verwandt. Schneider – Schneider. Klar, einer Achtjährigen leuchtet das sofort ein. Auf einmal saß in unserem Garten ein wichtiger Mann. Ich hatte so viele Fragen. Wollte mich aber auch nicht lächerlich machen. Also stellte ich nur eine einzige, mit sachkundiger Miene, und zwar die, die mir von allen, die mir durch den Kopf schossen, am erwachsensten erschien: Ob seine Cousine eigentlich einen österreichischen oder deutschen Pass hätte (damals lebte sie noch). Einen österreichischen, sagte er, der keine Ahnung hatte, weil er sie weder kannte noch mit ihr verwandt war. Aha. Ich nickte ernst und verschloss die Information in meinem Herzen. Dann redeten die Erwachsenen wieder über andere Dinge, und ich strich noch eine Weile wahnsinnig unauffällig im Garten umher und tat so, als ob ich das Blumenbeet beobachtete, doch meine Aufmerksamkeit galt nur ihm.

Von da an zählte ich mich mit ihm zu einer Gruppe. Wann immer er kam, brachte ich stolz neue Bilder seiner Cousine an, die ich irgendwo ausgeschnitten hatte und in einer grauen DIN-A4-Mappe aufbewahrte, wie meinen wichtigsten Schatz. Irgendwann gestand er meinen Eltern, gelogen zu haben, und die sagten es mir. Es traf mich vollkommen unvorbereitet, ich hatte es wirklich nicht kommen sehen. Boris Schneider, der in Wahrheit Bruno heißt, was ich eigentlich nicht verraten wollte, nun aber bricht es aus mir heraus, hasse ich bis heute aus allertiefstem Kinderherzen.

Der zweite Mann, der mich anlog, hieß Theophilus. Er war der damalige Freund einer Patentochter meiner Mutter, und es muss hier von einer freundlichen Lüge gesprochen werden, die auch nicht gezielt mir galt, sondern eher allgemein Kindern. Kurz, ich erwischte ihn, als er sich in unserer Garage als Nikolaus verkleidete. Der anschließenden Bescherung wohnte ich in einer Mischung aus Empörung und Stolz bei.

Der dritte Mann, der mich anlog, hieß Jean-Charles, machte sich zehn Jahre jünger, als er war (es sei denn, sein Pass war gefälscht), und seine zahlreichen anderen Lügen flogen auf, als ich eines Abends bei ihm in Paris anrief, mit etlichen Fünf-Mark-Münzen bewaffnet in einer Münchner Telefonzelle stehend, und eine Frau an seinen Apparat ging, die, als ich sagte, ich wolle Jean-Charles sprechen, fragte, wer ich sei. Seine Freundin, sagte ich. Ach, sagte sie, das sei aber komisch, denn seine Freundin, das sei ja sie. Es wurde ein längeres Telefonat, infolgedessen wir beide uns von Jean-Charles trennten und auf eine leicht masochistische Art Brieffreundinnen wurden – jedenfalls bis zu ihrer finalen Nachricht an mich, die lautete, ich solle ihr nicht mehr schreiben, denn sie sei nun doch wieder mit Jean-Charles zusammen und bitte mich, dies zu respektieren.

Die nächsten Männer, die mich anlogen, waren auch alle blöd. Jeder auf seine ganz besondere Weise.

# Tim

Er ist groß und immer zu nah. Man fühlt sich unwohl in seiner Gegenwart, will dringend mehr Abstand, als er einem lässt, ist permanent in erhöhter Fluchtbereitschaft oder wenigstens einer leichten Rückbeuge. Er umarmt einen bei der Begrüßung zu fest und zu lang, ist aber herzlich dabei, weshalb man nichts sagen oder tun kann, sondern es eben über sich ergehen lässt in dem Wissen, dass er schon irgendwann wieder loslassen wird, schließlich ist die Euphorie über das Zusammentreffen nur die Ouvertüre.

Aus irgendeinem Grund hält sich dieser Tim, wie ich ihn hier einmal nennen möchte (ich kenne mehrere solcher Fälle, keiner von ihnen heißt Tim, dafür tragen alle, Randdetail, im Sommer gerne Flip-Flops), im Leben für zu kurz gekommen, irgendwas ist da irgendwann entschieden schiefgelaufen, schätzungsweise in der Kindheit, weshalb er trotz wirklich gewinnender Sonnyboy-Erscheinung ein missgünstiger, selbstgerechter, un-netter Erwachsener geworden ist, der anderen Menschen sagenhaft passiv-aggressiv entgegentritt. Das heißt, so passiv ist seine Aggressivität eigentlich gar nicht, sie ist eher link. Man könnte ihn fies nennen, aber bei ihm kommt zur Fiesheit dazu, dass er selbst all die kleinen Spitzen und Beleidigungen, die er permanent austeilt, für raffiniert versteckt hält. Oder sein Gegenüber für extrem blöd. Wahrscheinlicher: beides.

Seine Boshaftigkeit ist in seidenes Geschenkpapier eingeschlagen und so freundlich überreicht, dass man oft erst im Nachhinein merkt, dass die eigentliche Botschaft eine Beleidigung war und sein Ziel, einen herabzusetzen, auf keinen Fall ungestraft davonkommen und womöglich noch so etwas wie einen guten Tag haben zu lassen. Nennen wir es hinterfotzig.

Ein typisches Beispiel: Tim weiß, dass man Bücher schreibt. Tim hat jetzt auch ein Buch geschrieben. Es ist sogar ziemlich erfolgreich. Tim, gleich nach der zu langen Begrüßung: »Du, Wahnsinn, ich hatte ja keine Ahnung, wie leicht Bücherschreiben ist.«

Anderes Tim-Beispiel. Man redet nett, hat kurz vergessen, dass er ein Tim ist, weshalb man ihm ganz offen (Fehler!) erzählt, dass man gerade wirklich glücklich sei, richtig glücklich, was man ja normalerweise viel zu selten bemerke, während es so sei. Darauf Tim: »Echt? Das geht mir eigentlich immer so. Ich bin immer total glücklich und weiß es.«

Anderer Tim: »Schön, dich zu sehen, du siehst irgendwie anders aus, viel besser als letztes Mal.«

Oder: »Es gibt ja viele, die mit deiner Art nicht klarkommen, aber da verteidige ich dich immer vehement.«

Es gibt auf dieser Welt nicht mehr viele Sicherheiten, weshalb wir uns an allem festhalten müssen, was wirklich unumstößlich ist. Etwa dies: Niemals wird man von einem Tim weggehen und sich gut fühlen. Niemals wird er einem etwas geschenkt haben, wie einen schönen Gedanken oder eine neue Idee. Das Gift, das er austeilt, entfaltet seine Wirkung oft erst mit Verzögerung. Deshalb: weghören, wenn er redet; gehen, wenn er kommt. Mehr kann man nicht machen. Aber weniger sollte es nicht sein.

# Doug

In einem Anflug von mutwilligem Masochismus habe ich mir noch einmal ›Hangover‹ angeguckt, diesen Film aus dem Jahr 2009, wegen dem ich mich 2010 oder 2011 einmal wahnsinnig mit meinem damaligen Freund gestritten habe. Je weiter die Filmhandlung voranschritt, desto einsamer fühlte ich mich damals; je lauter mein Freund lachte, desto wütender wurde ich.

Die Handlung in Kürze: Bevor ein Mann namens Doug eine lebenslange Haftstrafe antritt, versucht er vorher, die letzten Stunden in Freiheit noch zu genießen, was misslingt. Im Grunde also, wie natürlich jede Komödie, eine Tragödie. Die noch trauriger wird, wenn man den Film kennt und daher weiß, dass dem gut aussehenden Doug natürlich nicht wirklich eine Haftstrafe droht, sondern seine eigene Hochzeit, auch wenn er sich aufführt, als stünde das Ende jeglichen Lebensglückes bevor. Die Ehe mit einer Frau, so die Moral dieses sehr gut gemachten, ekelhaften Films, kommt einer freiwilligen Einlieferung ins Gefängnis nahe, oder jedenfalls: in eine geschlossene Anstalt.

Und so lassen Doug und seine drei Freunde, von denen einer die Grenze zur Debilität nicht nur streift, einer normal blöd ist und der dritte, den Bradley Cooper spielt, ein unangenehm egozentrischer Vollidiot, es noch mal richtig krachen, lassen volle Kanne die Sau raus, boys will be boys höhö, Stripperinnen, Alkoholexzess, Filmriss. Wogegen nichts zu sagen ist unter Erwachsenen, aber wenn das so geil ist – warum heiraten?

Welche Rolle kommt da den Frauen zu, die sich nicht für Geld in Las Vegas von Dorftrotteln die gemachten Monstertitten anpatschen lassen, sondern denen exakt dieselben Trottel wahnsinnig romantische Heiratsanträge gemacht haben? Sind das dann die Guten, die *Mütter*, die man nur an hohen Feiertagen auf den Mund küsst, während man es mit den anderen richtig lustig hat, weshalb die aber wiederum nicht zum Heiraten infrage kommen? Hure oder Heilige, ja? Ernsthaft?

Und in welcher Geisteshaltung soll man sich diesen Quatsch als Frau anschauen? Die meisten Lacher gehen auf Kosten der Freundin des normal blöden Typen, die sich von diesem von vorne bis hinten belügen lassen darf, was sein Jungs-Wochenende angeht, und deshalb, weil sie das merkt, verständlicherweise zunehmend frustriert agiert. Soll man also mitlachen als Frau über diese blöde Alte, die da am Telefon nervt, sich mitfreuen, als ihr Verlobter sie im großen, erbärmlichen Finale schließlich verlässt und somit endlich seine Freiheit wiedergewinnt – dieser rückgratlose, schwache, unehrliche, tölpelhafte, durch und durch feige Langweiler?

Man sieht sie im echten Leben durch Berlin ziehen, diese armen internationalen Kreaturen, die demnächst heiraten, weshalb sie sich heute einen Filzhut aufsetzen und, von ihrem männlichen Freundeskreis angetrieben, noch mal so richtig auf die Pauke hauen, als gäbe es keinen Rückflug am nächsten Morgen. Dem Alkohol kommt dabei wohl dieselbe Rolle zu wie dem Betäubungsmittel in der klassischen Chirurgie. Ich hab auch schon welche als Penisse verkleidet durch Mitte spazieren sehen. Da tun sie mir schon irgendwie auch wahnsinnig leid, Männer.

# Bernd

Ich hatte drei Begegnungen mit ihm. Bei der ersten redete er hauptsächlich darüber, dass die erste Million Schulden, die man mache, die schwerste sei. Bei der zweiten zerschmetterte er ein Glas. Bei der dritten kritisierte er mich. Und dennoch habe ich nichts als den allergrößten Respekt vor Bernd Eichinger, dem großen deutschen Filmproduzenten, der 2011 starb.

Begegnung 1. Es ist Anfang der Neunzigerjahre, ich bin mit einer Freundin in München essen, irgendwann kommt ihr damaliger Freund dazu, Fred Kogel, der seinen Kumpel Bernd Eichinger im Schlepptau hat. Die beiden geben ein bisschen vor uns an, erzählen von ihren beruflichen Heldentaten, versuchen sich gegenseitig mit ihren Misserfolgen zu übertrumpfen, es geht viel um Geld, »ja, aber Fred, das ist doch noch gar nichts, ich habe mal…« Wir staunen und lachen und sollen auch gar nichts sonst.

Begegnung 2. Mitte der Neunziger jetzt. Bin mit einer anderen Freundin, einer Schauspielerin, in einer Münchner Bar. Irgendwann tritt Bernd Eichinger an unseren Tisch, begrüßt meine Freundin, die er kennt, fragt, der Laden ist voll, ob er sich zu uns setzen dürfe. Klar. Er hat einen der beiden Münchner ›Tatort‹-Kommissare dabei. Sie sind sehr nett, allerdings haben meine Freundin und ich uns viel zu erzählen, weshalb wir nicht so intensiv auf unsere Tischnachbarn eingehen wie offenbar erwünscht. Irgendwann verliert Bernd Eichinger, der ziemlich viel getrunken hat, die Geduld, wird quengelig wie ein Kind, sagt dauernd, wir sollten ihm endlich zuhören, »Mann, jetzt hört doch mal zu. Hört doch mal zu«. Als wir nicht reagieren, knallt er sein Glas auf den Steinboden. Es zersplittert, überall Scherben, ein Kellner muss putzen. Unangenehm. Der Kommissar geht, nimmt Eichinger mit. Der will uns jetzt aber unbedingt noch etwas zu trinken spendieren, es tut ihm auch alles furchtbar leid. Aber wir möchten nichts mehr trinken, wollen auch gehen, es ist spät, ist alles okay, ehrlich, danke, aber wir möchten wirklich nichts mehr trinken, ach kommt, Mädels, nein danke, jetzt kommt schon, danke, wirklich nicht. Irgendwann geht er, und wenig später kommt der

Wirt mit einer Flasche Champagner. Vom Bernd sei die. Extra die teuerste, die sie haben. Und schon ist sie offen und zwei Gläser werden eingeschenkt. Wir lassen sie stehen und gehen.

Begegnung 3. Neues Jahrtausend, mittlerweile wohne ich in Berlin und habe in der Zeitung, für die ich arbeite, darüber geschrieben, wie schade und falsch ich es finde, dass Eichinger die Autobiografie von Bushido verfilmen will, die ich gelesen habe und frauenverachtend finde. Eichinger sieht mich in einem Restaurant, kommt zu meinem Tisch und fragt höflich, fast schüchtern, ob er kurz stören dürfe, er würde mir gerne auf meinen Artikel antworten, und dann legt er mir in der höflichsten Art und Weise, die überhaupt nur vorstellbar ist, seine Sicht der Dinge dar. Er redet ziemlich lange. Zuletzt entschuldigt er sich für die Störung und bedankt sich fürs Zuhören. Als ich ihn wieder zurück zu seinem Tisch gehen sehe, so lang und schlaksig, in seiner ewigen Achtzigerjahre-Art, da rührt er mich so, weil er so etwas Einsames, Müdes hat und etwas Aufrechtes und so eine innere Eleganz.

# Andi

Ich hatte bisher nicht viele männliche Freunde, es fing oft gut an und wurde dann doch irgendwann kompliziert. Wenn einem ein Freund bei der Verabschiedung plötzlich einen Zungenkuss zu geben versucht, ahnt man, dass man sich womöglich dauernd aneinander vorbei zum Essen verabredet hat. Und wenn ein anderer guter Freund, den man oft getroffen hat, sich ab dem Tag, an dem er nicht mehr Single ist, kein einziges Mal mehr meldet, fühlt man sich im Nachhinein wie der Pausenclown. Aber was weiß man schon, vielleicht lag es an der neuen Frau, die dann überstürzt geheiratet wurde, vielleicht war sie generell ein bisschen verunsichert von der weiblichen Statisterie, die vor ihr in seinem Leben war.

Meinen besten Freund, den ich je hatte, habe ich an seine Freundin verloren. Wir hatten die Mann-Frau-Sache schnell aus dem Weg geräumt und beschlossen, Freunde zu sein. Beziehungsweise er bot es großzügig an. Wir wohnten in unterschiedlichen Städten, telefonierten aber fast jeden Tag und verreisten auch zusammen. Es war herrlich. Einmal stritten wir auf Mallorca, weil ich nach dem Strand unbedingt die letzten Kilometer bis zur gemieteten Finca joggen wollte wie eine Bescheuerte, mich dabei selbst verfluchte und schon den ganzen Weg auf die Dusche freute, aber als ich endlich ankam, hatte er das Badezimmer belegt. Ja und, oder? Aber ich war so sauer. So gut kannten wir uns.

Nun ist ja das Großartige an Männern, dass sie als Männer auf die Welt schauen. Und von ihrer Sichtweise kann man als Frau nur profitieren. Sie ist oft geradliniger, führt logisch von einem Punkt zum nächsten, während Frauen, und da spreche ich jetzt natürlich nur für ausnahmslos alle, die ich persönlich kenne, sich bei ihrer Interpretation von Geschehnissen schon auch mal weitläufig verirren. Kurzes Beispiel, das ich mal irgendwo gelesen habe: Ein Mann und eine Frau haben gemeinsam einen Text weggemailt. Per Mail kommt die Rückfrage: »Ist das die finale Version?« Und während die Frau darauf lange und entschuldigend antwortet, dass man das natürlich noch überarbeiten könne und bestimmt Fehler drin seien, lautet die Antwort des Mannes einfach: »Ja.«

Sagen wir so, der Versuch, sich auf etwas einen Reim zu machen, führt bei Frauen oft zu einem etwas längeren Gedicht.

Andi hatte dann irgendwann eine neue Freundin, die in mir ihre Feindin sah. Es war ihr nicht auszureden. Und weil Andi zwar bezaubernd ist, aber auch feige, opferte er ihr unsere Freundschaft. War leichter so. Ich höre, die beiden sind immer noch zusammen, seit vielen Jahren jetzt, aber es sei wohl schwierig. Ach nee.

Ich vermisse ihn. Vermisse seinen Blick auf die Welt, seine Art, meine oft unnötig komplizierten Gedankengänge kameradschaftlich zu unterbrechen. Seine grundsätzlich positive und lebensbejahende Art, auch wenn ich ihn im Verdacht habe, in Wahrheit ein prächtiger Menschenfeind zu sein. Hier die einzige SMS, die noch von ihm in meinem alten Nokia gespeichert ist – falls Sie gerade einen guten Rat von einem männlichen Freund brauchen können, nehmen Sie den: »Die anderen wollen einen nur bremsen und aufhalten, diese Verlierer. Mach, wonach dir ist, immer. Kein Druck, keine Konvention, keine Angst.«

# András

Als kleines Kind hatte ich, wenn ich abends im Bett lag, wahnsinnige Angst vor Einbrechern. Ich konnte nur einschlafen, wenn folgender Dialog zwischen meinem Vater und mir vollständig ausgeführt war:

Ich: »Und was ist, wenn Einbrecher kommen?«

Mein Vater: »Dann jage ich sie fort.«

Ich: »Und wie?«

Er: »Mit meinen dicken, schweren Holzschuhen.«

Und bei den letzten Worten hob er die Hand, als wolle er einen dicken, schweren Holzschuh werfen, zog die Augenbrauen zusammen und machte den Mund klein, wie man es wohl machen würde, wenn man sich finster und unerschrocken einer ganzen Bande von Einbrechern in den Weg stellt, um seine Tochter zu beschützen. Und ich hielt entzückt den Atem an, und wenige Augenblicke später schlief ich ein.

Neulich war ich bei meinen Eltern. Ich redete mit meiner Mutter über Schuhe, und wir kamen auf dieses eine Paar zu sprechen, das ich sie einmal im Garten hatte tragen sehen, ein Paar klobiger Plateausandalen, nur schwer schönzureden, eher orthopädisch vom Stil her, aber nicht coolorthopädisch, sondern schon orthopädisch-orthopädisch. Sie selbst fand das auch, behauptete aber, dass man in ihnen außergewöhnlich gut laufe. Die Sohle war nicht gerade, sondern verlief leicht konvex, weswegen man, wie sie sagte, in ihnen sanft abrolle. Das Modell war angeblich dem Gang der Nubierinnen nachempfunden oder irgendwie so ähnlich, aber nicht weniger absurd. Es wunderte meine Mutter, dass ich noch nichts von diesem Patent gehört hätte, viele ihrer Freundinnen hätten dieses Modell.

Ich hatte die Schuhe dann anprobiert, natürlich ironisch, aber peinlicherweise fühlten sie sich dann wirklich fantastisch an, wie ich gegen meinen Willen feststellen musste, während ich kerzengerade und mit der natürlichen Eleganz einer sanft abrollenden Mitteleuropäerin über die Terrasse meiner Eltern schritt, bis zur Ping-Pong-Platte und wieder zurück.

Im Laufe der Jahre hatte ich öfter an diese

Schuhe gedacht, an das beschwingte Gefühl, das sich beim Tragen eingestellt hatte, und nun öffnete ich den Schuhschrank meiner Eltern. Ich sah sie nicht gleich. Dafür fiel mein Blick in einem der höheren Fächer, in denen die Männerschuhe stehen, auf ein Paar schwarzer Holzschuhe. Vorsichtig nahm ich einen aus dem Regal. Er sah alt aus, aber auch, als gehöre er so. Gut alt. Das schwarze Leder war mit kleinen Nägelchen an der Holzsohle befestigt, die vermutlich einmal hell gewesen war. Was mochte er wiegen? Vielleicht fünfhundert Gramm, also so viel wie zwei Päckchen Butter.

Ich nahm den zweiten aus dem Regal, zog meine Schuhe aus und schlüpfte in sie hinein, rutschte so weit nach vorne, dass ich sie nicht gleich wieder verlieren würde, weil sie mir viel zu groß waren, und dann lief ich in ihnen die Treppe hinauf. Und wieder hinunter. Und nochmal hinauf. Ich lief, wie ich immer laufe, also als gelte es, irgendwo einen Bus zu erwischen, und die Holzsohlen klackten laut auf dem Holz der Treppe, klack klackklackklack klackklack, und ich klang ganz genau so, wie mein Vater immer geklungen hatte, früher, als er mit diesen Schuhen Einbrecher vertrieb und wir alle unsterblich gewesen waren.

# Cato

Meinen Traumberuf hat ein Mann. Ich weiß nicht, wie die genaue Bezeichnung ist, und kann deshalb nur hoffen, Sie kennen die ›Pink Panther‹-Filme von Blake Edwards aus den Sechzigerjahren und wissen daher, was die Hauptfigur, den leicht trotteligen Inspektor Clouseau (Peter Sellers), erwartet, wenn er abends nach Hause kommt. Wenn nicht, haben Sie etwas mit ihm gemein: Er weiß nämlich auch nicht, was ihn erwartet. Beziehungsweise wo und wann.

Er hat einen Angestellten oder Diener namens Cato (Burt Kwouk), der in Kampfkunst geschult ist und dessen Aufgabe es ist, seinen Herrn und Meister in dessen Wohnung überraschend anzugreifen. Warum? Eine sehr gute Frage. Vermutlich als Training, damit der Inspektor alarmbereit ist. Sich niemals sicher fühlt. Nicht einmal nach Feierabend in den eigenen vier Wänden. Erklärt wird es nie. Vor fünfzig Jahren traute man dem Zuschauer noch zu, sich auch mal was alleine zu erklären oder zur Not damit zurechtzukommen, nicht alles einhundertprozentig zu verstehen, wie im richtigen Leben auch.

In ›The Return of the Pink Panther‹ zum Beispiel, dem ersten Film, in dem Cato auftaucht, kommt Inspektor Clouseau einmal voll beladen mit Einkäufen nach Hause. »Cato?« Er spricht im Original ein Fantasiefranzösisch, denn Clouseau ist Franzose und arbeitet bei der Pariser Polizei. »Ketö?« Stille. Argwöhnisch geht Clouseau mögliche Verstecke ab, sieht, die freie Hand bereit zum Karateschlag, hinter einer Tür nach, pirscht sich an einen Holzperlenvorhang, springt brüllend hindurch. Nichts, die Luft scheint rein. Clouseau entspannt sich und geht in die Küche. Als er den Kühlschrank öffnet, springt Cato heraus, eisbedeckt, er muss eine Ewigkeit darin ausgeharrt haben. Es kommt zum erbitterten Zweikampf, der dadurch beendet wird, dass das Telefon klingelt. Cato lässt von seinem Arbeitgeber ab und nimmt den Anruf wie ein ganz normaler Butler entgegen: »Inspector Clouseaus Residence?«

In einem anderen Film aus der Reihe überrascht Cato Clouseau nachts im Bett. Er schleicht sich an, stürzt sich mit einem Kampfschrei auf den

Inspektor und würgt ihn. Clouseau, der sicherheitshalber im Judoanzug schlafen gegangen war, kann sich befreien. Es kommt zum erbitterten Zweikampf. Clouseau hat seinen Diener im Würgegriff, als das Telefon klingelt. Er hält Cato den Hörer ans Ohr. Der zuckt nicht mit der Wimper: »Inspector Clouseaus Residence?«

Ein andermal stürzt Cato von oben auf Clouseaus Bett. Er hatte auf dem Baldachindach gelauert, das er nun mit sich nach unten reißt. Es kommt zum erbitterten Zweikampf, bis plötzlich das Telefon...

Es geht um alles in diesen Kämpfen, um Leben und Tod. Das Mobiliar wird in Schutt und Asche gelegt, der Fernseher explodiert, darunter liegende Wohnungen werden in Mitleidenschaft gezogen, es gibt weder Rücksicht noch Gnade, es gibt nur Mann gegen Mann. Was wäre ich gerne dieser Cato, jedenfalls manchmal, was für eine herrliche Art, den Lebensunterhalt zu verdienen. Die Aufgabenstellung ist schön klar, man würde in Paris leben, wäre relativ frei in der Gestaltung seiner Tage, und würde auch noch bezahlt dafür, Aggressionen abzubauen. Aber leider, ich geh ja so ungern ans Telefon.

# Johanna

*Herrn Prof. Dr. Johanna Adorján.* So war mal ein beruflicher Brief an mich adressiert. Jahrelang hing der Umschlag, dessen Absender ich nicht kannte (ein Mann), an der Pinnwand neben meinem Schreibtisch in der Redaktion. Herr Professor Doktor. Hatte ich es also endlich geschafft.

Dabei, keine Ahnung, wie ich als Mann wäre, ich hoffe eigentlich nur, ich hätte mit über vierzig nicht noch New-Balance-Turnschuhe an.

Aber vielleicht hätte ich das. Vielleicht wäre ich jemand, der schon mit Ende zwanzig begonnen hätte, die eigene Jugendzeit zu verklären, wie ich das nur von Männern kenne, von keiner einzigen Frau, würde mir rührend umständlich ein paar Haarsträhnen vorne über den Kopf kämmen, um erste kahle Stellen zu verdecken, die somit außer mir alle sofort sähen, und ansonsten alles daransetzen, dass das Kind später meine Hobbys teilt, also FC Bayern und Stones oder Leonard Cohen oder so. Ein Kind hätte ich natürlich. Anfangs hätte ich zwar nicht gewollt, aber als es dann unterwegs war, ergriff mich schon ein Stolz, der sich während der Geburt, die ich kaum noch in Erinnerung habe, so schrecklich und lang war sie, in eine Liebe verwandelte, die ich vorher nicht gekannt hatte und auch nie für möglich gehalten hätte. Danach wurde es leider ein bisschen schwierig mit der Kindsmutter und mir. Ich kam mir die ersten Monate nach der Geburt überflüssig vor, muss ich so sagen, alles war anders, ich fühlte mich sehr allein. Die Beziehung ging auseinander, heute teilen wir uns das Sorgerecht, und ich finde, das kriegen wir ganz gut hin.

Vielleicht hatte ich sofort eine neue Freundin, eine jüngere diesmal, um die Kinderfrage etwas hinauszuschieben. Aber dass sie bei mir einzieht, wollte ich nicht. Und das hat sie dann ja auch verstanden. Okay, vielleicht hatte ich ehrlich gesagt zwei jüngere Freundinnen, die, zumindest anfangs, nicht voneinander wussten. Vielleicht hatte ich auch einen dieser Großstadt-Vollbärte, mit dem ich so oft mit irgendeiner Art Guru verwechselt wurde, der offenbar sauteure Ayahuasca-Sessions abhielt, dass ich inzwischen nicht mehr googeln muss, wie man den Quatsch schreibt.

Oder ich hätte kein Kind, wäre aber zusammen mit meinem eingetragenen Lebenspartner gerade dabei, eines zu adoptieren. Oder wir hätten eine lesbische Freundin gefragt, aber die hätte noch nicht final geantwortet. Oder ich wäre immer schon wahnsinnig gut in Sport gewesen und irgendwas beim FC Bayern geworden, im Merchandise-Bereich oder Trainer der weiblichen F-Jugend. Oder Kellner im Schumann's. Oder Chefredakteur. Oder sonst halt ein klassischer Männerberuf. Wer weiß. Jedenfalls hab ich mal eine Radiosendung über eine Frau gehört, die sich mit Hormonbehandlung zum Mann umwandeln ließ, und die erzählte, das viele Testosteron habe einen anderen Menschen aus ihr gemacht. Einen, den sie selbst, die sie als Frau glühende Feministin gewesen war, grauenhaft fand, richtig widerwärtig, einen ganz schlimmen Macho. Plötzlich sei da der Drang gewesen, hübschen Frauen auf die Brüste zu starren. Sie wollte das gar nicht, hasste und schämte sich – und starrte dann doch. Sie habe nichts dagegen tun können, sagte sie, es lag am Testosteron. Also keine Ahnung von Herrn Johanna Adorján.